1LDK、そして2JK。Ⅲ ～夏が始まる。二人はきっと、少し大人になる。～

ひまり
とある事情により、奏音とともに駒村の家で暮らし始めた。イラストレーターへの夢を持っているのだが——。

本作の主人公、26才サラリーマン駒村の従妹である。母親の失踪をきっかけに駒村の家で暮らし始める。
倉知奏音
くらちかのん
掃除をして、アイスを食べて、
昼寝をして、おしゃべりをして——。
それだけの一日だったけれど、
こういう休日も良いものだなぁ。

「ひまり。そっちの傘に入っていい？」
「え？　でもそれじゃあ
濡れちゃわない？」
「あの、前も言ったけどさ……。
私、ひまりのことが大事だよ」
「奏音ちゃん……。
私も、奏音ちゃんのこと、大事ですよ」
この後、２ＪＫの日々を
大きく変える再会が待っていた――。

1LDK、そして2JK。Ⅲ
～夏が始まる。二人はきっと、少し大人になる。～

福山陽士

ファンタジア文庫

3004

口絵・本文イラスト　シソ

第1話 帰宅とJK 004
第2話 願いとJK 021
第3話 デートとJK 033
第4話 伝授とJK 064
第5話 バイトとJK 079
第6話 コーヒーと俺 088
第7話 悩み相談と俺 101
第8話 チャンスとJK 122
第9話 何でもない一日とJK 134
第10話 準備とJK 146
第11話 川とJK 161
第12話 花火とJK 180
第13話 トンカツとJK 195
第14話 提案と俺 202
第15話 ゲームとJK 219
第16話 JKとJD 228
第17話 身内と俺 235
あとがき 252

第1話　帰宅とＪＫ

夏の夕方はまだ明るい。

電気のスイッチを入れることなく、俺とひまりはキッチンの椅子に腰掛けていた。

ひまりは両手を太腿の中に入れ、背中を丸めて俯いている。

俺は腕を組み、見慣れた天井を仰いでいた。

帰ってきてから二人してなんとなく座ったものの、俺もひまりも言葉が出てこないままだ。

キッチンには雪が降り積もったかのような、重く冷えた空気が広がるばかり。

俺は天井を見ながら、帰宅してからひまりが言った言葉を思い出す。

『私の家はおじいちゃんの代から、剣道の道場を経営しているんです……。全国大会に行く人をたくさん輩出していて、業界内では割と有名なんです……』

ひまりの家は、剣道の道場をやっていたらしい。

確かに以前、『小学生の時に剣道をやっていた』と言っていた気がする。でもまさか、ひまりの家が教える側の方だったとは思ってもいなかったが。

そんな部屋の中の空気などお構いなしに、鳩の呑気な鳴き声が聞こえてきた。どうやらベランダに止まっているらしい。

「くるっくー」とエンドレスで鳴き続ける声に、ちょっとだけ癒やされる。

そうだな……。

俺もいつまでも沈黙していても仕方がないな。

「ひまり」

「は、はいっ⁉」

ひまりの声は上擦っていた。

こっちも緊張するから、そんなに驚かないでほしい。

「さっき見た女の人は、ひまりのことをよく知っているんだよな？」

「はい……」

「つまり、ひまりの趣味を知っているから、あそこまで捜しに来たと」

「そうだと思います……」

「となると、今後はあの近辺に近付くのはやめた方がいいだろうな」

「そうします……。駒村さんすみません。私が寄り道をしたいと言わなければ、こんなことには……」

「とは言っても、まだ見つかったわけじゃないだろ。ひまりのバイト先は、あそこから二駅離れた場所にあるわけだし」

あの人があの場所に絞って捜し続ける限りは、ひまりのバイト先まで特定される可能性は低いはずだ。

……低いと思いたい。

「確かにバイト先からは、ちょっとだけ離れてますけど……」

「それとも、この機会に帰るか？」

「――――！」

俯いていたひまりの顔が跳ね上がる。

言葉にせずとも、半泣きになりそうな顔がひまりの気持ちを雄弁に語っていた。

俺は小さくため息を吐く。

「ひまりの気持ちが変わらない限りは、今以上に気をつけて生活するしかない。結局、行き着く答えはこれにしかならないと思うんだが」

「そう……ですよね……」

再び俯くひまり。俺にはこれ以上の答えを出すことができない。

ここで「帰れ」と言うのは簡単だが、今まで匿ってきたのに今さらそれを言うのは、大人として無責任だと思ってしまう心もあるわけで。

もし俺が、最初からもっと非情になれていたのなら――。

奏音に頼まれても、断固拒否していたのなら。

ひまりをすぐ交番に連れて行っていたのなら。

電車で声をかけず、見て見ぬ振りをしていたのなら。

もうどうすることもできない過去のことを考えたところで、ガチャリと玄関のドアが開く。

奏音が帰ってきたのだ。

「おう。おかえり」

「奏音ちゃんおかえりなさい」

「ただいま……」

靴を脱ぎながら覇気のない声で答える奏音。視線もこちらに向かない。

「元気ないな。さすがに疲れたか？」

「うん……ちょっとね……」

奏音は相変わらず目を合わせない。

俺はその態度に違和感を覚える。

ただ疲れただけにしては、何かがおかしいというか——。

もしかして、昼休憩の時に俺が言ったことを引き摺っているのだろうか。

「悪いけどさ、今日のご飯は簡単なやつでいい？」

「いえ、奏音ちゃんはゆっくり休んでください。今日のご飯は私と駒村さんで作ります！」

「えっ⁉」

「え——？」

ひまりの申し出に、奏音だけでなく俺もビックリしてしまった。

いや、何も聞いていないんだが？

ひまりは両拳をグッと握り、口を『へ』の字の形にしてふんすっと息巻いている。俺に向けられた目は爛々と輝いていた。

「駒村さん、やりましょう」という無言の圧力を感じる。

まぁ、今日くらいは奏音をゆっくり休ませてあげたいのも事実。

ここはちょっと頑張ってみるか。気分転換にもなるだろうし。

「本当に大丈夫……？」

不安そうにこちらを見てくる奏音。

その表情に少なからず俺のプライドが刺激された。

「大丈夫だ。俺は奏音が来る前は一人暮らしだったんだぞ」

「でも、ほとんど自炊はしてなかったんでしょ？」

「確かにそうだが——経験がゼロってわけじゃない」

しかし奏音は何が不満なのか、露骨に眉間に皺を作った。

そこはもう少し信頼してくれても良くないか？　ちょっと悲しいぞ……。

でも思い返してみれば、二人が来てから夕食をまともに振る舞ったことがなかった。朝食は食パンを焼いただけだしな……。

そう考えると益々やる気が満ちてきた。

「てわけで、奏音は先に風呂に入れ」

「ん………。わかった」

有無を言わさず命令するとさすがに観念したのか、奏音はリビングから着替えを持ってきて洗面所に向かった。

「相当疲れているみたいですね、奏音ちゃん……」

奏音が洗面所のドアを閉めた後、ひまりが小さく呟く。

俺はそれに返す言葉を見つけることができなかった。

もし、あの元気のなさの原因が俺だったとしたら——。

胸に発生した罪悪感が、血管を伝って全身に広がっていった。

奏音が風呂に入っている間、宣言通り俺とひまりは料理に励んでいた。

ひまりが言い出したこととはいえ、音頭を取っているのは俺だ。

最初はひまりが玉葱を切ろうとしていたのだが、包丁を持つ手付きがあまりにも危なっかしかったので、俺が無理やり奪ったのだ。

見ているだけで寿命が縮むかと思った。

はりきるのは良いが、ここで怪我をしたら洒落にならんからな……。

俺が玉葱を切る手付きは、経験が少ないにしてはまぁまぁだと我ながら思う。それでも、奏音と比べたらぎこちないけど。

とか考えていたら、俺の目から勝手に涙が落ちてきた。

ふと思う。人類は目に強い刺激を与えてくるこの野菜を、なぜメジャーな食材として採用したのだろうと……。

疑問はさておき、涙を流したまま玉葱を切り終え、フライパンの中に投入。

そのタイミングでひまりが「どうぞ」と俺にティッシュを渡してきた。

「ありがとう」

眼鏡を外し、すぐにティッシュで涙を拭き取る。

視界の端の方で、輪郭のぼやけたひまりが俺の方を見つめているのに気付いた。

「そんなに見るなよ……」

自分の意思とは無関係に出た涙だが、やっぱり見られると少し恥ずかしい。

「えへへ。眼鏡を取った駒村さん、可愛いなって」

「なっ——!?」

可愛い!?

今まで言われたことがない形容詞だったので、思わず俺は驚いてしまった。

しかも年下の子に言われるとか。何だかとても気恥ずかしい。

「大人をからかうんじゃない」

「からかってませんよ。意外と目が大きいんだなって。眼鏡を取ると美形になるのは漫画では定番ですが、その理由がわかった気がします。レンズのせいで、元の目よりちょっと小さく見えるんですね。なるほど……」

サラッと『可愛い』と口走ったひまりから、特に下心のようなものは感じない。

俺が一人で動揺しているのが、ちょっとだけ虚しくなるほどに。

「それにしても切るだけで涙と眼鏡キャラの素顔を同時に見せることができるとか、玉葱って美味しいアイテムですよね」

着眼点がやっぱり絵を描く人のそれだなと思ってしまった。

『美味しい』の意味が俺の常識とちょっと違う……。

「キャラとか言うな。そもそも俺の存在は漫画じゃない」

再び眼鏡を掛けた俺は、今度はピーマンと豚バラ肉を切る作業に移る。

『可愛い』という言葉もそうだが、『美形』という単語も脳内の隅に引っかかりムズムズしたので、すぐに忘れるために軽く頭を振った。


「よし。こんなもんでいいだろ」

フライパンで炒めた野菜と肉を菜箸で取った俺は、そのまま手で摘まみ味見をする。

「うむ。やはり焼き肉のタレは最強だな」

料理が上手くない俺でも失敗しない味付け、焼き肉のタレ。

野菜も肉も程よい味付けになっていて、俺としては満足だ。

ちなみに俺は焼き肉のタレは辛口が好みなんだが、奏音もひまりも辛いのはあまり得意ではないらしく、冷蔵庫にストックしてあるのは甘口だったりする。

まぁ、甘口は甘口で美味いからいいけど。

「なるほど、勉強になります……。これなら私にもできそうです」

隣で見ていたひまりが真剣な目で呟いた。

独身男の手抜き料理だが、これはひまりも覚えていて損をすることはまずないだろう。

別に毎回、手の込んだ料理を作る必要はないわけだし。

「その前にひまりは、包丁の使い方をもう少し何とかしないとな」

「うっ……頑張ります」

そういえば以前作ってくれたミートスパゲティの時は、包丁を使っていなかった気がする。

まぁ、こういうのは慣れだからな。俺も人に偉そうにできるほど、包丁の使い方が上手いわけではないし。

「あ、駒村さん、お鍋のお湯が沸いたみたいですよ」

隣のコンロで火にかけていた鍋を見ると、確かにグツグツと沸騰を始めていた。

これは味噌汁用に沸かしていた湯だ。

「よし。一旦火を止めてから出汁の素を入れて、味噌を溶き入れるんだ。その後に豆腐と油揚げを入れるだけでいい」

「わかりました」

そういえば実家で出ていた味噌汁の具材は、毎回変わっていた気がする。そのせいか、俺も味噌汁の具材には特に強いこだわりはない。

まぁ、一人暮らしの時はインスタントでも特に不満はなかったし。

でも奏音に作ってもらって改めてわかったんだが、やはり味はインスタントとはかなり違う。

あ、玉葱を入れても良かったかもしれない、と今さら思ったがもう遅かった。

「この油揚げ、既にカットされているんですね」

ひまりはチャックが付いた袋の中から油揚げをいくつか摘まむと、鍋の中に落とし入れる。

「そうだな。便利で助かる」

こういう手間を省ける食材の存在は、奏音が買ってこなかったら俺はこの先も知らないままだっただろう。

奏音が買ってきた食材のストックを今までそれとなく見てきたわけだが、正直に言うと俺もかなり勉強になっている。

この先一人暮らしに戻った場合、以前より買い物の質も変わりそうだ。

しかしこうして二人で協力しながら料理を作るのって、まるで夫婦のようだな——って

いきなり何を考えてるんだ俺⁉

自分の思考に急激にむず痒（がゆ）くなる。

洗面所から奏音が出てきたのは、そのタイミングだった。直前に考えていたことがことだけに、一瞬（いっしゅん）だけドキリとしてしまった。

奏音はタオルを頭に乗せ、濡（ぬ）れた髪（かみ）をわしわしとしながらリビングに移動する。

「ご飯、ちょうどできたぞ」

「うん。髪乾（かわ）かしてからすぐ食べる」

早速ドライヤーのコンセントを差した奏音の姿を見届けてから、俺は再びコンロに向き直る。

そこには「はわわわ」とオロオロしたひまりが、白い塊（かたまり）が飛び散って汚（よご）れてしまったコンロを見つめていた

いつの間にこんなことに…………。

「す、すみません駒村さん。豆腐、ちょっとだけ落としちゃいました……」

「……前から思っていたけど、ひまりってかなり不器用だよな」

「うぅっ。すみませーん……」

絵を描く技術はとても器用だと思うんだが、どうやら料理とは全然関係ないらしい。

俺は苦笑しつつ、ふきんを用意するのだった。

「ごちそうさまでした」

手を合わせて挨拶をする奏音。ひまりと俺も少し遅れてそれに続いた。

自分で作った飯の後の挨拶は、ちょっとだけ特別な感じがするな。いつも奏音に感謝している気持ちとは、また違った感覚だ。

ちなみに俺が作った肉と野菜の炒め物について奏音の感想は「焼き肉のタレって最強だよね」というものだった。

うむ。やはり焼き肉のタレは時短したい時に最強だよな。奏音と同意見でちょっと嬉しくなる。

ただ俺と同じセリフだったせいか、それを聞いた瞬間ひまりが噴き出していたけれど。

「そうだ奏音。今日の文化祭の写真、色々と撮ったんだが奏音もいるか？」

「あ、うん……。後で適当にスマホに送っといて」

「駒村さん、私にも後で見せてください。奏音ちゃんのコスプレ姿もう一度見たいです。それはもう、穴が空くほどじっくりと」

「なっ――!? それは恥ずかしいからやめて!?」

「えへへ。嫌です」

「もう、ひまり〜〜！」

軽めのパンチをポコポコとお互いに繰り出し、じゃれ合う二人。

その攻撃力のないパンチの応酬は、やがてくすぐり合いに発展した。

「あはははっ、ちょ、奏音ちゃんそこはっ――！　あはははははっ！」

「ふふっ、ひまりこそ、ふふっ、それ反則っ――！」

無邪気な二人の笑い声が響き合う。

帰ってきてからようやく見ることができた奏音の笑顔に安堵し、俺もつられて笑顔になるのだった。


奏音は食べ終えた後、早々に歯磨きをしてリビングの布団に潜ってしまった。

「テレビも電気も消さなくていいよ」とのことだったが、やはり気になるので俺はテレビを消す。

奏音はそのまま布団の中で眠りについたらしく、間もなく規則正しい寝息が聞こえてきた。

「駒村さん。私も今日は早く寝ますね」

奏音の横に布団を敷きながら、小声でひまりが言う。

俺も今日は晩酌をやめ、早々とベッドに潜ることにした。

いつもならまだ余裕で起きている時間に部屋の明かりを消すと、ちょっと不思議な感覚だ。

ベッドに横になって真っ先に頭を巡ったのは、元気のない奏音の姿。

結局、その理由について奏音は特に何も言ってくることはなかった。本当に疲れていただけなのかもしれない。

今日は色々とあったせいか、深く考える間もなく、俺にも睡魔が襲ってくるのだった。

※　※　※

頭から布団を被った奏音。

消さなくてもいいと言ったのに、和輝はテレビを消したらしい。

静かになった部屋の中。

聞こえるのはひまりが就寝準備をしている音と、自分の吐息。

行き場のない胸のモヤモヤが、目を閉じたことでより鮮明に感じられる。

それは、和輝に母親からの返事を見せることができなかったことに対してと、休憩時に言われた言葉に対するものと。

だが改めて考えようとしても、濁った水のような感情が胸から頭までを支配して、結局頭の中に言葉が浮かんでこない。

何より、強烈な眠気が奏音の思考力を奪っていた。

(今日は疲れたから……また明日……)

目を閉じた奏音の意識は、さほど時間を置かず黒く塗りつぶされた。

※　※　※

第2話　願いとＪＫ

暑い。

玄関を出た瞬間、むわっとした熱気が全身にまとわりつく。少し歩いただけでじわりと汗が滲むのがわかった。

冷房のないエレベーターに乗った後、マンションの外に出る。俺と同じく通勤に向かう人たちが、次々と早足で通り過ぎていく。

駅に向かう人たちの視線はほとんど下を向いており、まるでゾンビの行進のようだ。

カレンダーは既に七月。

とはいえ梅雨はまだ明けていないので、空気はとてもジメジメとしている。

今日の空も、いつ雨が降ってきてもおかしくない曇り空だ。

奏音とひまりは文化祭の日以降、少し元気がない。

いつも通りに笑って過ごしてはいるものの、突き抜けるような明るさがないのだ。

ひまりはいつあの女性に見つかるのか——と怯えながらバイトに行くようになってしまったし、奏音は奏音で表情に翳りが射すことが増えた。

とはいえ、現時点で俺が二人にできることは特に思い浮かばない。自分の無力さを痛感する。

駅前のコンビニの近くに来た時、昨日までは聞こえなかった高い音が不意に耳を通り抜け、思わず顔を上げてしまった。

コンビニの隣の雑貨屋はまだ開店していないが、その軒先に風鈴がぶら下がっていたのだ。

あまり強くない風が吹き抜ける度、風鈴が甲高く涼しい音を鳴らす。

その音を聞きながら歩いていると、気分がスカッとするものが食べたいな——と唐突に思ってしまった。

スカッとと言えば……やっぱりビールか？　でも食べ物じゃないしな。

辛い食べ物で汗をかいてスカッと——。

いや、辛い食べ物は二人とも苦手みたいだからいかんな。

そんなことを考えながら歩いていると、いつの間にやら駅に着いてしまっていた。

はぁ……今日も仕事頑張るか。もうすぐボーナスも出るはずだし。

自分を奮起させつつ、俺は乗車率が限りなく高い電車の中に足を踏み入れた。

夕方のスーパーは、保育園児を連れた母親、俺のような会社帰りのおじさんやＯＬで混んでいた。

昼から雨になったせいか、店内の床は若干汚れている。

そういえば、この時間のスーパーに寄るのは久しぶりだな。

そもそも普段の買い物は主に奏音が行ってくれているので、俺がスーパーに寄る頻度は激減していた。

店内の風景にちょっと懐かしさを覚えつつ、俺は目的の物が置いてあるコーナーに向かう。

二人と生活するまでは総菜コーナーに直行していたので、違うルートを歩くだけで不思議な気分になってしまった。

「今日の買い物は俺が行く」と、奏音には昼休みの時に連絡済みだ。

当たり前のように『突然どうしたの!?』と驚かれたが、「今日は雨だからだるいだろ？」と返事をしたら『助かる』という可愛いウサギのスタンプが返ってきた。

今日は自分で買い物をしたくなったから――というのが本当のところなのだが、実際、雨の日の買い物って面倒くさいし大変だもんな。

目的の物をカゴに入れ、ついでに発泡酒も購入。

滞りなくレジを済ませて袋に詰めていた時、サービスコーナーの一角が目に留まる。

あれは………。

人の波をかき分けて『それ』を入手した俺は、雨に濡れないよう鞄の奥の方に仕舞った。


「ただいま」

帰宅すると、奏音とひまりは揃ってキッチンのテーブルに着いていた。

二人ともこちらを見ながら、口をもぐもぐと動かしている。

テーブルの上には、フライドポテトの形をしたスナック菓子が置かれていた。

あれは俺も知っている。ザクザクとした食感が癖になる美味いやつだ。コンビニに寄った時、たまに飯と一緒に買っていた。

でも今の時間に食うなよ。晩飯前だぞ。

おそらく奏音の小腹が空いて、我慢できなかったのだろうけど。

俺の心の中の小言が聞こえたのかどうかは知らないが、二人は口に入れていたスナック菓子を慌てて咀嚼した。

「駒村さんおかえりなさいです」

「おかえりー。かず兄、今日は買い物ありがと。何買ってきたの？」

奏音に促（うなが）されるまま、俺はスーパーの袋の中から今日のメインを取り出す。

「これは——そうめんですか」

「お、いいねー。夏って感じ」

「あぁ。暑くなってきたし、たまにはサッパリしたものでもと思ってな」

「作るのもラクだしねー。んじゃすぐにお湯沸（わ）かすよ」

早速奏音は鍋（なべ）を取り出す。俺は念のため冷凍庫（れいとうこ）内を確認。

うむ。ちゃんと氷はあるな。

あとは買ってきたお酒も冷蔵庫に入れて——。

…………。

発泡酒の缶（かん）を見ていたら、ちょっと飲みたくなってきた。

「駒村さん。今からお酒ですか？　でも先にお風呂（ふろ）に入ってくださいね」

ひまりにやんわりと注意されてしまった俺は、すごすごと洗面所に向かう。

今日の風呂は、俺が最初に入る日だったもんな……。

冷蔵庫で冷やした方が美味いし、ちょっとの間我慢しよう。

風呂から出た俺は、収納からバスタオルを取り出す。

まだ新しいこの青いバスタオルは、前に友梨から貰ったやつだ。

以前までこの収納に入っていなかったのだが、あの日以降に加わった。

そう、友梨に告白された日に——。

必然的にあの時のことを思い出してしまい、心拍数が上がってしまう。

いかんな、これではパブロフの犬状態じゃないか。

優しい肌触りのバスタオルで全身を拭いている間も、あの時の情景がチラチラと頭を掠めていく。

……落ち着け、落ち着け俺。

既に同じことを何回か繰り返しているわけだが、なかなか慣れることができないでいた。

普段通りに過ごしているつもりだけど——。

やはり友梨のアレは俺にとってかなり衝撃的なことだったのだなと、そこだけ冷静に考えている自分がいた。

既にテーブルにはそうめんの用意ができていた。もちろん、めんつゆの準備もバッチリだ。

俺はリビングから扇風機を持ってきてキッチンに置く。

お湯はぬるい方だったが、やはりこの時期の風呂上がりは暑い。

テーブルの上に置いたままになっていたそうめんが入っていた袋が、扇風機の風に煽られてふわりと舞った。

素早く空中でそれをキャッチしたひまりが、「やりました」と得意そうにニヤリと笑ってからゴミ箱に突っ込む。

意外に反射神経が良いな。剣道の経験者だからか。

「ネギとかショウガとかの薬味はこっちに置いておくから、自分で適当に入れてね」

鍋を流し台に置きながら奏音が言う。

キッチンの作業台に目を向けると、他にも大葉やゴマ、天かすが袋のまま置かれていた。

「あと冷蔵庫にオクラもあるよ。欲しかったら切るから言ってね。私的にはシーチキンも合うからオススメ」

そうめんは今までめんつゆのみでしか食べたことがなかったから、俺にとって奏音の言葉は結構なカルチャーショックだった。

たしかに後半、味に飽きてくるもんな……。

今までは『それでも無理やり食べる』という力業で押し切っていたんだが、薬味を加えれば良かったのか。なるほど……。

食べ物の用意をするのが面倒くさくて、そんな単純な発想にすら辿り着けなかった今までの自分というのを、少し考えてしまう。

俺は自分で思っている以上に、生活力がない人間だったのかもしれない……。俺と同年代の一人暮らしの男は、もっときちんとやっているのだろうか？

「それじゃあ食べますか」

ちょっと落ち込みかけたが、今は食べることだけを考えよう。

「いただきまーす」

そうめんが入ったボウルに、俺たちは一斉に箸を伸ばす。

そういえば、奏音はそうめんを一袋全部茹でたんだな。

少し——いや、かなり量が多い気がするけど……まぁ奏音がいるから大丈夫か。どうせ奏音が全部食べるだろ。

めんつゆに付けてそうめんを啜った瞬間、今日の朝、駅前で見た風鈴が頭の中で涼しげな音を鳴らした。

うむ、日本の夏って感じだな。

まだ梅雨明けしてないけど。

そうめんを腹いっぱい堪能した俺たちは、じばらく動かずに駄弁っていた。

「はー。食べた食べた」

「お腹いっぱいですー」

満足そうに椅子の背にもたれかかる二人を見て、ちょっと安堵する。

緊張感をまったくまとっていない穏やかな表情を見るのは、文化祭の日以降初めてだ。

そこで俺はあることを思い出す。

「そういえば、これを持って帰ってきたんだった」

鞄からそれを取り出すと、奏音とひまりは目を丸くした。

「これは短冊ですか？　もうすぐ七夕ですもんね」

「スーパーに置いてたんだよ。七日まで笹を置いているらしい」

「へー。でもなんで持って帰ってきたの？　かず兄、こういうの絶対にやらないタイプだと思ってたんだけど」

奏音に問われた俺は、言葉に詰まってしまった。

確かにそうだ。どうして持って帰ってきたのだろう。

自分でも理由がよくわからなかった。

「何となく……。どうせだから、ちょっとでもイベントを体験しとこうかなって」

自分でそこまで言ってから気付いた。

俺は、二人との思い出を作りたいのだと。

何でもないことのように見えるこの日常は、期限付きのものだから——。

俺の心の声が聞こえたのかは不明だが、二人は一瞬だけ物憂げな顔をしてから短冊を手に取った。

「じゃあ、明日私が買い物に行った時に笹に付けておくよ。しかし願いごとかぁ」

「何を書きましょうか……」

「俺はそうだな……。『五兆円欲しい』にしとくか」

「それ絶対に叶わないやつ！」

「私はもっと少なくていいから、三億円くらい欲しいですね……」

「少なくてそれ!?」

「でもひまり。いきなりそんな大金を貰っても、たぶん使い道に苦労するぞ」

「いやいや、駒村さんの方がもっと大変ですよね!?」

俺の冗談に乗ってきた二人に、思わず笑ってしまう。

しかし『願いごと』と聞いて真っ先に出てくるのが、金になってしまうとは。

子供の頃は『あれが欲しい、これが欲しい』とゲームやおもちゃの名前がポンポン出てきていたはずなんだけど。

大人になるって悲しいことだな……。

奏音が風呂に入り、ひまりは休憩がてらリビングでテレビを見ている。

俺はキッチンのテーブルに並んだ二枚の短冊を、漫然と眺めていた。

『おいしいお菓子をいっぱい食べたい』

『イラストレーターになれますように』

二人の字で願いごとが書かれた短冊の隣には、文字が書かれていない短冊が一枚。

俺はまだ願いごとを書けていなかった。

いや、俺にも願いはある。

でもそれは文字でも声でも、決して表には出していけないものだ。

――ずっとこの生活が続きますように。

こんなこと書いてはいけないし、本当は思ってもいけないことだと自覚している。

でも――。

「…………」

迷いに迷った挙げ句、俺はペンを取る。

『健康に過ごせますように』

結局短冊に書いたのは、本心を押し込めた当たり障りのない願いだった。

第3話　デートとＪＫ

日曜日の朝、起きて間もなく――。

ベッドの枕元に置いていた俺のスマホが、ポスンッという気の抜けた音を発した。

これは滅多に鳴らないＳＮＳの通知音だ。

誰からだろう？

俺が現在このＳＮＳでやり取りしているのは、ほぼ奏音のみ。

「今日お菓子が安いから買っていい？」など、スーパーで買い物中のメッセージがほとんどを占めている。

奏音とは家にいると直接話すし、他に連絡を取り合うような友達が俺にはいないからな……。

ちょっぴり悲しい気持ちになりつつスマホを手に取ると、そこには晄輝の名前とアイコンが表示されていた。

「晄輝のやつ、こんな朝からどうしたんだ？」

まさか、またここに寄るつもりだろうか。

前に晄輝が家に来た後、「来る前に連絡しろ」と強く念押ししたことを思い出しながらメッセージに目を通した俺は――。

しばらく硬直してしまった。


「そんじゃあ、いってらっしゃい！」

午前10時過ぎ――。

俺とひまりは、笑顔満開の晄輝に玄関で見送られていた。晄輝の後ろでは、奏音がちょっと不安そうにしながら軽く手を振っている。

玄関のドアを閉めた俺は、無機質な灰色の壁をしばらく見つめるばかり。

「どうしてこうなった……」

「駒村さん、なんかすみません……」

「いや、ひまりは悪くない。というか、この場合誰も悪くないからな……」

だからたちが悪いとも言えるが。

晄輝が俺に送ってきたメッセージ。

それは――。

『兄ちゃんのことだから、どうせひまりちゃんとデートとかしてないんだろ？　俺今日一日フリーだし、奏音ちゃんは俺が見とくから二人で出かけてきなよ！』

――というものだった。

もちろん、いらん気遣いはしなくていいと断ろうとした。

だが晄輝は『もう電車乗ってそっち向かってっから！』と有無を言わさぬ返事を送ってきたのだ。

我が弟ながら驚くべき行動力。

そしてメッセージ通り、晄輝は朝から家にやって来たのだった。

前に晄輝が来た時、俺とひまりが付き合っているものだと勘違いをしていたのだが、まさかこんな展開になるなんて……。

晄輝の心が純粋な親切心だとわかるだけに、余計つらい。

とはいえ、今さらひまりについて本当のことを言うわけにはいかないしな。

そういうわけで、俺とひまりは晄輝に怪しまれないように、仕方なく出かけることになったのだ。

「行き先は歩きながら考えるか」

「わかりました。私、先に階段で下に行ってますね」

ひまりの後ろ姿を見届けてから、俺はエレベーターに向かった。

マンションを出てから、とりあえず俺とひまりは並んで駅方面に歩く。

しかし急に「出かけてこい」と言われても、なかなか困るもんだな。

俺一人だけなら適当にふらふらできるのだが、女子高生も一緒となると途端に行き先に困ってしまう。

そもそも女子高生が楽しめる場所ってどこなんだ？　やっぱりカラオケとかか？

でもひまりには、カラオケはあまり縁がなさそうな気もする。そもそもカラオケは、俺が苦手な方なのでつらい。

「それで、どこに行くんですか？」

「そうだな……。この際ひまりが行きたい所でいいぞ」

できればカラオケ以外で、と心の中で付け加えてみる。

「私の行きたい所、ですか――」

「あぁ。少しくらい遠くても大丈夫だ。どのみち昼飯を食ってからでないと帰れない雰囲気だったし」

晄輝に「こっちの昼ご飯の心配はいらないから！　俺は夜まで時間あるしごゆっくり！」と言われて見送られたのだ。

そこまで言われているのだから、さすがに早々に帰るわけにはいかないだろう。

ひまりは視線を落としてしばし考え込んでいたが、ほどなくして俺を見上げる。

「あの……前に行ったショッピングモールに行きたいです」

「生活用品を揃えた所か」

「はい。今は特に買いたい物はないんですけど、色々と見て回りたいなって」

ひまりは少しはにかみながら頷いた。

必要な物はバイト代を貯めて、自分で買うって言ってたもんな。

「確かにあそこなら、適当に歩いているだけで時間も潰せそうだ」

あの日以降行っていなかったし。まあ、行くような用事がなかっただけなんだが。

ひまりの提案に特に異議はなかったので、俺たちはショッピングモールに向かうことにした。


約二ヶ月ぶりに来たショッピングモールは、やはり多くの人でごった返していた。

前来た時と違うのは、体にまとわりつくようなこの暑さだ。人が多いと体感気温も上がっている気がする。

奏音とひまりが俺の家に来た次の日に、ここに来たんだよな……。思えばあの時は、まだ全然二人と馴染めていなかった。

そう考えると、月日が流れるのはあっという間だよなと思う。特に25歳を過ぎてからの、時間の加速度がヤバい。

　母親が『一年が一瞬で終わる』と言っていたのを実家にいた頃は不思議に思っていたもんだが、今ならその意味がよくわかる。

　小学生の時って一週間が長かったよなぁ……と、通り過ぎて行った小学生の男の子を見てつい感慨に耽ってしまった。

「で、これからどこに向かう？」

　通路の端に立ち、ぐるりと周囲を見渡す。

　この周辺にはアパレル系の店がズラリと並んでいるが、今回そこらに用事はない。いや、今後も俺が訪れることは絶対にないだろうけど。

「そうですね……。ちょっと早いですけど、ご飯食べちゃいますか？」

　ひまりに言われて腕時計を見ると、11時を回ったところだった。

「確かに休日だから、昼時になるとすげぇ混みそうだもんな。前も多かったし、先に飯を食っておこうか。何か食べたい物はあるか？」

「私は特に……。駒村さんが食べたい物でいいですよ」

「そういうことを言うと、本当に俺の好みで選んでしまうぞ」

「はい。それも楽しそうです」

ニコニコと上機嫌に答えるひまり。選択権が完全に俺に与えられてしまった。

「そうか……。本当に文句言うなよ？」

一応念を押してから、俺たちは移動を開始するのだった。


「カツ丼ですか」

店舗の壁に張られた横断幕に、大きなカツ丼の写真が描かれている。それを見ながらひまりが呟いた。

今回はフードコートではなく、一階にあるレストラン街で食べることにしたのだ。

和洋中、様々な店舗が並ぶ中で俺が立ち止まったのは、ひまりが呟いたカツ丼屋だった。

言葉に表すと質実剛健と言った感じで、白い壁が多い周囲の店舗と比べると、女子受けしそうなお洒落度とは程遠い。

こういう店の方が、きっとひまりが望む『デートっぽい』雰囲気とは遠いだろう――という、限りなく俺の打算が込められたチョイスだった。

やはり晄輝が言った『デート』という単語が、俺の中でずっと引っかかっていたのだ。

もしも、万が一、今日のこれがきっかけで、ひまりと『良い雰囲気』になってしまったら――。

そういう恐れが心の隅にあったのだ。

しかしそこで、自分の思考に引っかかりを覚える。

相手は女子高生。子供だ。

普通にしていれば何の問題もないはずなのに。俺は一体何を恐れているんだ？

不意にひまりと目が合う。

俺を見上げてくる顔の角度が、あの日のひまりと重なり――。

『私は、駒村さんのことが――』

――っ！

「こういうのは嫌いか？」

頭の中の残像を振り払うべく、俺は慌てて言葉を発した。

「いえ、むしろカツ丼は好きですよ」

俺の頭の中のことなど当然知る由もないひまりは、至って普通に答えた。

「そういえば奏音ちゃん、カツ丼はまだ作ったことないですよね」

「コストがかかるからだろうな」

材料費だけでなく、作るコストという点でも。

揚げ物は後片付けまで含めて色々と大変だということを、奏音を通して俺は認識していたのだった。

「とにかく入ろう」

幸いにも店内はまだ空席が目立つ。俺たちは紺色の暖簾をくぐった。

※　※　※

和輝とひまりが出て行った後、奏音はキッチンに立ちお湯を沸かしていた。

「別に気を遣わなくてもいいからね？」

椅子に座りつつ、申し訳なさげに言う晄輝。

「元々俺、ここに住んでたわけだし……」

「紅茶くらいどうってことないよ。こう兄は砂糖とか入れる派？」

特に気にすることなく紅茶の準備を続ける奏音に、晄輝は軽く苦笑いを浮かべた。既に奏音の方が、この家の住人としての先輩感がある。

「俺は砂糖だけ入れる派。あ、でも牛乳もあったら嬉しいなーとか」

「おっけおっけ。私も砂糖とガムシロを入れた甘い紅茶が好きなんだけど、毎回かず兄に笑われるんだよね。『砂糖多すぎ』って」

「あぁ、兄ちゃんは紅茶は甘いのは好きじゃないみたいだったな。甘いデザートは好きなくせにさ」

「それ。かず兄ってスイーツ類好きだよね」

「そのくせ、なーんかちょっと気にしてんだよなー。今の時代、男がスイーツが好きだって言っても別に変じゃないってのに」

「あははっ。さすがにこう兄はかず兄のことよくわかってるね」

晄輝の前に湯気が立つカップが置かれる。晄輝は紅茶のティーバッグを何回か上下させてから取り出した。

「はい牛乳」

続けて冷蔵庫から牛乳を取り出してテーブルに置く。晄輝は軽く礼を言ってから、少しだけ紅茶に牛乳を注いだ。

奏音も自分用のカップを手に、晄輝と向かい合うようにして座る。

（あのカップは俺が住んでいた時にはなかったな）

と自分がいなくなってから増えた食器を認識した瞬間、既に自分はこの家にとっての

『客』だということを感じた晄輝の胸の内に、一抹の寂しさが過ぎるのだった。

「で、砂糖だけどこう兄は何個？」

「一個でいいよ」

角砂糖が入った容器から一つ取り出し、晄輝の紅茶に入れる奏音。

続けて奏音は自分用の紅茶に、四つの角砂糖を次々と投入した。

「いや、奏音ちゃん⁉　それ砂糖多くない⁉」

「………え？」

『甘い紅茶仲間』だと思っていた晄輝からのツッコミに、思わず奏音は目を丸くしてしまった。

「多い……？」

「うん。多い」

「…………多い……んだ……」

その反応と間がおかしかったらしく、晄輝は声を上げて笑う。

奏音は「むぅ～」と頰を膨らませた。

「ごめんごめん。それでこれからの予定だけど、奏音ちゃんはどっか行きたい所はある？」

カップを口に運びつつ晄輝が尋ねると、膨れていた奏音の頰がすぐに萎んだ。

「行きたい所……。特にないかなぁ」

「じゃあ何か食べたい物とかは？」

「えーっと……。美味しい物……」

「めちゃくちゃアバウトだな!?」

「だって特に思い付かないもん」

「それなら、この間俺が仕事で取材に行った店にしようか。美味かったし」

「うん。じゃあそこでお願いします」

「そんな畏まらなくてもいいって。というか俺の推薦だし、どーんと期待しちゃってくれてもいいんだよー？」

ジェスチャーを交えた晄輝の言い回しがおかしくて、奏音は小さく噴き出した。

「こう兄って、ほんとかず兄と全然性格違うよね」

会っていなかった期間は和輝とほぼ同じなのに、晄輝とはあっという間に打ち解けてしまった。

「まあねー……って、それ褒めてるの？　貶されてるの？」

「んー……どっちも」

「微妙に酷いような、けど嬉しいような。……兄ちゃんってちょっと真面目すぎるところがあるからなぁ。奏音ちゃんは疲れてない？　大丈夫？」

そう聞く晄輝の目は、心から心配していることがわかるもので。

だから奏音は察することができた。

晄輝は、和輝とひまりが付き合っていると思っている。そんな二人を間近で見ていて本当に平気なのか――？　と、晄輝はそう尋ねているのだ。

とはいえ、それは晄輝の勘違いだと正直に言うことはできない。

「うん。私は大丈夫だよ。ありがとう、こう兄」

「本当に？　無理してない？」

「うん……。むしろ毎日、楽しい」

ふわりと笑う奏音の顔がまるで花のように優しいものだったから、晄輝は思わず目を丸くしてしまったのだった。

※　※　※

「ふー。お腹いっぱいです」

「美味かったな」

腹も心も満足して店から出る俺たち。その頃には店内の席は埋まりかけていた。

早めに来たのは正解だったようだ。混雑していると落ち着いて食べられないからな。

カツ丼は値段もそれほど高くなく、とろりとした半熟の卵と厚いカツは食べごたえがあった。

次も来る機会があったらリピートしよう、と密かに決意する。もちろん、その時は奏音も連れて。

「昼飯を食う目標は達成してしまったが、まだ正午になってないか——。そういえば色々と見て回りたいと言っていたけど、どこに行く?」

俺たちはショッピングモールの地図が描かれた壁の前に移動する。二回目なので知っている場所はすぐ脳内に浮かぶが、描かれた地図は相変わらず広い。

「あの……映画館に寄ってもいいですか?」

「映画か? 別にいいけど。観たいものでもあるとか?」

「いえ、特にそういうわけでは。実は私、今まで行ったことがなくて……。雰囲気だけでもいいから見てみたいなあって」

「え……行ったことないのか……?」

ひまりの発言に、少なからず俺は驚いてしまった。

俺も年に一回か二回程度しか行かないが、それは大人になった今の話であって。

小学生の頃は春休みや夏休みに上映されるアニメ映画に、親が何度か連れて行ってくれたものだ。

ひまりはそういう経験もなかったってことか。ひまりの地元に、映画館がなかったという可能性もあるけれど。

地域の問題なのか、ひまりの家の問題なのか。

それはわからないし、俺もそこまで掘(ほ)り下げて聞くつもりはなかった。

ただ、せっかくの機会だから体験させてあげたい——という考えは自然に浮かんできた。

「それじゃあ映画館に向かうか。えーっと、三階の端(はし)か」

「良いんですか？」

「むしろ何か問題あるか？」

「いえ……。ありがとうございます」

笑って答えるひまりの顔はいつもの朗らかなものではなく、どこか遠慮(えんりょ)がちなものだった。

「わぁ…………」

映画館に着くと、ひまりは感嘆の息を洩らして天井を見上げた。

巨大なモニターが、大きな音と共に映画の予告を次々と放映していく。

足元には紺色の絨毯が一面に敷かれており、落ち着いた雰囲気だ。

冷房が効いているのか、館内はモールの通路より涼しい。

ここの映画館に来るのは初めてだが、懐かしい気持ちを抱いてしまった。どこの映画館も、大体似たような雰囲気をしているせいだろうか。

ひまりは壁一面に張られた大きな映画のポスターを、一枚一枚じっくりと見ながら移動を始めた。俺は少し後ろからその様子を眺める。

目に焼き付けるかのように、脳に刻み込むかのように——。

表情は見えないが、ひまりの真剣さが後ろ姿から伝わってきた。

「何か観るか？」

「へっ？」

驚いたひまりが目を丸くしながら振り返る。

「ここまで来たついでだし、何か観て帰ってもいいかなって」

「でも——」

ひまりが見上げた位置には、館内に設置された時計。

どうやら時間が気になるらしい。

「映画は大体二時間くらいで終わるし、帰る頃にはちょうど良い時間になっているんじゃないか？」

「なるほど……。それでしたら遠慮なくお願いします」

「で、何を観る？」

「うーん……ポスターも一通り見たけど、どれも面白そうだし……。特にこだわりはないので、一番早く始まるやつでいいですよ」

チケット売り場の上のモニターには、映画の名前と開始時刻がズラリと表示されている。

「一番早いやつは今から二十分後のやつだな。……本当に良いのか？　アクションものっぽいけど」

タイトルを確認した俺は、念のためひまりに尋ねる。

もしひまりが血みどろで戦うようなものが苦手だったら、なかなかツライ二時間になってしまうのではと危惧したのだが――。

「はい。映画はジャンル問わず、何でもドンとこい派ですので！」

「……そうか」

予想以上に元気の良い返事だった。

女子高生は恋愛系の映画が好き――という固定観念はいかんな。そもそもひまりは（俺から見ると）ちょっと変わった感性の持ち主だった。

俺は早速チケット売り場に並ぶ。

事前情報を何も得ていない映画をいきなり観るっていうのは、俺は初めてかもしれん。ある意味博打なので、不安と期待が半々といったところだ。

無事にチケットを買い終えてひまりの所に戻ると、彼女の目は売店に向いていた。

カウンターには大きなポップコーンマシーンがある。甘い匂いも漂ってくるので、これはキャラメル味の匂いだな。

「なるほど、これが映画館のポップコーン……」

「どうせだし買うか？」

「わひゃ⁉　駒村さん戻ってたんですか⁉」

「あぁ。それでどうする？」

「えと、あの、いいですか……？」

「そんなに遠慮しなくていいから」

というわけで、一番小さいサイズのキャラメル味のポップコーンを買うことにした。

さっきカツ丼を食べたばかりだからな。ここでバケツサイズを買うと、後で絶対に後悔する。

学生の頃なら余裕で食えていただろうけど……。

ついでにドリンクも購入してから、いよいよ俺たちはスクリーンに向かう。

ひまりは座席に着くまでずっと緊張した面持ちだったが、座ってからようやく顔が緩んだ。

「ふふっ。何だか嬉しいです。初めての映画で、初めての映画館のポップコーンにジュース」

ひまりはジュースのカップを持ちながら笑い、そして——。

「まるで、本当のデートみたいで……」

とても控えめに呟いた。

『デート』という単語に反応してか、俺の心臓が跳ねる。

だが決して、嫌な感じの動悸ではなかった。

心を誤魔化すように購入したアイスコーヒーを飲もうとしたところ、突然大音量でＣＭが始まり、今度は違う意味で心臓が跳ねた。

「びっくりしたぁ……」

ひまりも驚いたらしい。

目を丸くしてスクリーンを見つめた後、ひまりは俺が持っているポップコーンを一つ摘まんでから「えへへ」と笑った。

※　※　※

晄輝の案内の元、奏音たちがやって来たのは中華料理屋だった。

とはいえ店の外装は白色がメインで使われており、一見すると洋風レストランにしか見えない。

「はー……すっごいお洒落な所だねー。かず兄は絶対に一人で行かなそう。ていうか、そもそも候補にも入れないいだろうな」

「なるほど……。それが奏音ちゃんの兄ちゃんに対する印象ね……」

「えっ――？　いや、決してかず兄をディスってるわけじゃなくて――」

「でも合ってる。正解。奏音ちゃんには俺から花丸をあげよう」

「あ、ありがと……？」

「でも一応フォローしとくと、俺も仕事の取材がなかったらまず入ってなかった店だからね」

そんなやり取りをしながら店に入ろうとした瞬間、奏音は立ち止まった。

「どうしたの？」

「あ、いや……。飛行機雲だなって」

奏音の視線は上。

空高く飛ぶ飛行機から、二筋の雲が少しずつ生まれているところだった。

「おー。こうしてたまに見ると絵になって良いもんだな。カメラ持ってくれば良かったかも」

「…………」

奏音はしばし無言で飛行機雲を見つめていたが、やがてハッと我に返る。

「ごめんこう兄。入ろ」

その顔にほんの少し憂いが帯びていたことに、同じく空を見上げていた晄輝は気付かなかった。

一通り料理の注文を終えた二人は、会話することもなく向かい合って座っていた。

和輝より口数も多くて陽気な晄輝だが、さすがにずっと喋り続けていられるわけではないらしい。手持ち無沙汰らしく、メニュー表をパラパラとめくっている。

奏音は頬杖を突き、スマホを弄りながらチラリと晄輝の顔を見た。

（かず兄とあんまり似てないよなー……）

子供の頃はもう少し雰囲気は似ていたような気もするが、昔のことなのでほとんど覚えていなかった。

（かず兄……）

母親からメッセージが来たことをまだ和輝に伝えられていないことが、ずっと奏音の胸に居座っている。

だが今それ以上に考えてしまうのは、ここにいない二人のことだった。

和輝とひまりはどこに行ったのだろうか。

本当にデートをしているのだろうか。

今、何をしているのだろうか。

もしかしたら奏音がいなくても――いや、いない方が、二人は楽しい時間を過ごせているのではないだろうか。

そう考えた瞬間、鼻の奥と目頭がじわりと熱くなってしまった。

奏音は慌てて水入りのコップを口に運び、晄輝に悟られないよう誤魔化す。

「そういえばこう兄、彼女がいるって言ってたよね。今日は大丈夫なの？」

「んー、俺の彼女？　サービス業だから今日は仕事なんだよ。だから俺、夜まで暇だったってわけ」

「そうなんだ」

「うん」

「…………」

会話は続かず、そこで途切れてしまう。

目の前にいる晄輝より、どうしても奏音の意識は今この場にいない二人に向いてしまうからだ。

「かず兄とひまり、いつ帰ってくるのかな」

その思考が、ポツリと声に出てしまった。

「夜までには帰ってくると思うよ」

「そっ、そうだよね。さすがに夜までには帰ってくるよね！」

完全に無意識で発した言葉だったせいか、奏音は焦ってしまう。

さすがに晄輝も、奏音の様子が少しおかしいことに気付いたらしい。

「奏音ちゃん……？」

「ほ、ほらっ、晩ご飯を作らないといけないし。何時に帰ってくるか二人に聞いてなかったから、その、いつ作ろうかなぁって」
必死で言葉を探す奏音。自分の言い訳が下手すぎて、ちょっと泣きたくなった。
「なるほどね。じゃあ連絡してみれば？」
晄輝は奏音の持つスマホに視線を送る。
確かにそうだ。そんなこと、本人に聞いてしまえばすぐに解決する。
でも『そんなこと』に気が回らないくらい、今の奏音は動揺していたのだった。
奏音は早速『何時に帰ってくる？』とメッセージを打つ。
この瞬間だけでも、和輝が自分の方に意識を向けてくれますようにと願いながら。

※　※　※

映画のエンドロールが終わり館内の照明が点くと、ひまりは「はぁ〜〜〜〜〜」と長い息を吐いた。

「いやぁ、凄かったです。映像も音も、テレビやパソコンの画面で見るのとは比べものにならなくて……。これが映画館で観るってことなんですね。はぁ〜大変勉強になりました。いやぁ良かったたぁ」

えらく感動しているようだ。

ひまりにとって良い初体験になったようで、俺としても嬉しい。

映画の内容も特に気になる点はなく、派手なアクションに勧善懲悪もののストーリーと、わかりやすく楽しめるものだった。微妙な映画でなくて助かった。

スマホを取り出して切っていた電源を入れると、奏音からのメッセージが届く。だがメッセージの送信時間は、映画が始まった直後になっていた。

『何時に帰ってくる?』

俺はしばし考える。

映画も観たことだし、このまま奏音のためにおやつでも買って帰るか。

今日は晄輝に疑われないための、言わばアリバイ作りの『デート』だが、一応晄輝にも礼代わりの物は用意しておいた方がいいだろうし。

俺は「16時過ぎには帰ると思う」と返信してから、残っていたポップコーンを口に流し込む。

随分と返事が遅くなってしまったが、奏音は怒ってないだろうか。

「そういえば味方の一人が終盤で敵にかけたカッコイイ絞め技、あの日の駒村さんみたいでした」

映画館を出てしばらく歩いたところで、不意にひまりがそんなことを口にした。

『あの日』とは間違いなく、村雲が不法侵入してきた日のことだろう。

「あぁ……」

「友梨さんに聞きました。駒村さんは確か、小学生の時からずっと柔道をやってたんですよね？」

俺は咄嗟に答えることができなかった。

黙ったままの俺に疑問を抱いたのか、ひまりが見上げてくる。

「駒村さん……？」

「……ずっとじゃない」

「へ？」

「ずっとじゃないよ。俺は――途中で諦めた。辞めたんだ」

俺は今、どんな顔で笑っているのだろうか。

ひまりの目に、どんな姿で映っているのだろうか。

諦めたことを、ヘラヘラと笑って話せてしまう大人の俺の姿は。

明らかにひまりが困惑した表情になったので、気まずい気持ちになってしまった。

楽しそうなショッピングモール内の空気とは裏腹に、俺たちの間に流れる空気は少し湿(しめ)っている気がする。

こんな微妙な空気になってしまったのは、ひまりのせいじゃない。

俺のせいなのに――。

「奏音のためにお菓子(かし)を買って帰ろう。奏音が好きそうなのをひまりが選んでくれ」

強制的にこの話題を終わらせる。

不自然だったかもしれないが、きっとひまりもその方が助かっただろう。

「はい。任せてくださいっ」

気を遣(つか)ってくれたのだろうか――。

朗らかに返事をするひまり。

そんな彼女の笑顔に、少し安心感を覚えてしまった。


奏音と晄輝のためにお菓子を買ってから帰宅すると、二人はリビングで対戦型のゲームをしていた。

そういえば奏音とひまりが家に来てから、一度もゲーム機を起動していなかった気がする。

二人とも——特に奏音の方は興味がないものだとばかり思っていたのだが、そうでもなかったらしい。

「あ、おかえりー」

「兄ちゃんもひまりちゃんもおかえり」

と晄輝が振り返った瞬間、「隙ありっ」と奏音が晄輝のキャラを吹っ飛ばす。

「あぁっ!? 奏音ちゃん何てことを!?」

「へっへー。勝負の世界は何でもアリって言ったのはこう兄だよねー?」

これまで二人の間でどういうやり取りがあったのかはわからんが、奏音が晄輝との対戦でちょっと鬱憤が溜まっていたらしいことはわかった。

「はー……。華麗に負けたところで、俺は帰りますわ」

「晄輝。フルーツタルトを買ってきたんだけど、持って帰るか?」

「いや、俺のは奏音ちゃんにあげて。たぶん余裕で食べられるっしょ。ね?」

意味ありげな視線を奏音に送る晄輝。

「むぅ」と口をへの字に曲げた奏音の頬はちょっとだけ赤い。

これは昼飯の時に、奏音の大食いがバレたな……。

「てわけで、またなー兄ちゃん」

「わかった。今日はありがとな」

正直に言うといらんお世話だったのだが、そんなことを正直に言うわけにもいかない。

晄輝は手を振りながら玄関を出ていった。

静かになった家の中で、俺たち三人は互いに目を合わせた。

「何とかなった……のか……」

「とりあえず、こう兄にはまだバレてないみたいだよ。特にひまりのことも聞かれなかったし」

「そうか。今日は晄輝の相手をしてくれてありがとな奏音」

「んー……」

奏音の眉が下がる。彼女は俺とひまりを交互に見つめてきた。

「そんで、どこ行ってきたの？」

「前に行ったショッピングモールです」

「あぁ、あそこね……。『デート』は楽しかった？」

「ええと――」

その返答に焦る俺とひまり。何と答えていいのかわからない。

奏音はちょっと拗ねているらしい。頬が少し膨れている。

もしかしたら俺のメッセージの返事が遅くなってしまったのも、原因の一つになってい
るかもしれない。

「奏音ちゃん……その…………」

「ん」

と、奏音はいきなり俺たちに向けて手を差し出す。

いや。正確には俺が持っている、白い箱に。

「フルーツタルト、早くちょうだい。それで許してあげるから」

「わ、わかった」

俺はすぐにキッチンのテーブルにタルトを置き、皿とフォークを用意する。

「奏音ちゃん、私のもいる？」

「いや、さすがにひまりの分までは食べないよ!?　こう兄の分もあるし！」

「遠慮(えんりょ)しなくても大丈夫ですよ？」

「遠慮してないって!?」

二人のやり取りについ忍(しの)び笑いをしてしまったら、「かず兄笑わないで！」と怒られて
しまった。

今日一日どうなることかと思ったが、ひとまずは何事もなくやり過ごすことができた

──気がする。

「ほれ、待たせたな。たんと食え」

「待ってました」とフルーツタルトにかぶりつく奏音。

イチゴにキウイにオレンジと結構ボリュームがあるタルトなのだが、奏音は大きさなど関係ないとばかりにパクついていく。

その様子をニコニコと見ながら、自分もタルトを頬張るひまり。

……やはり俺は、二人と過ごすこういう穏やかな雰囲気が好きだ。

そう感じてしまうことが、たとえいけないことだとしても。

第4話　伝授とＪＫ

土曜日の昼前。

ひまりが洗濯をしてからバイトに行き、俺が掃除機をかけ終えたところで、奏音から突然あることを言われた。

「かず兄。今日のお昼ご飯は一緒に作ってもらってもいい？」

「別に構わんが。突然どうした？」

何か大がかりな物を作るのだろうか。

大人の力がいるような料理って……まさかうどんか？　捏ねるのか？　コシがいるのか？　もしくは蕎麦か？

「かず兄に私の味を伝授します」

しかし奏音の返答は、俺の予想とはまったく違っていた。

「え――？」

いきなり伝授と言われると、さすがに俺も驚くんだけど。

そもそも『伝授』という言葉を聞いて俺が真っ先に思い浮かべてしまうのは、格闘技の技とかそういうものになってしまうのだが……。

　これは今まで遊んできたテレビゲームのせいかもしれない。

「前に言ったよね？　料理を教えて欲しいって」

「確かに言ったけど……」

　忘れるわけがない。

　あの返事で俺は奏音を傷付けてしまったと思っていたのだが、実はそうでもないのだろうか？

「というわけで、早速実践です」

　ニマリと笑みを浮かべる奏音の表情からは、そのあたりの心情はまったく読めなかった。

　エプロンを着けて台所に立つ奏音。その隣に佇む俺。

　俺たちの前のキッチン台には、奏音が用意した材料が乱雑に並べられていた。

「パスタか」

「イエス。面倒くさがりなかず兄には一品料理がいいかなって」

「お気遣いどうも……」

　確かに、料理に関することは面倒くさいと思うことが多々ある。だからこそ、一人暮らしの時はほとんど自炊していなかったわけだし。

「で、作るのはクリームパスタです。前に一回作ったことがあるんだけど、覚えてる?」

「おぉ、覚えてるぞ。あれは美味かったな。パスタをもう一皿欲しいと思ったのは初めてだった」

「その美味しいのを、かず兄も作れるようになるんだよ」

「なるほど……」

そう聞くとちょっとワクワクしてしまう。

「てことで、まずはパスタを茹でるために鍋でお湯を沸かしましょー。あ、ちなみにパスタは耐熱容器があったらレンジで加熱するだけでもできるよ。一人分だったらそっちの方が断然ラク」

「へー」

その情報をスマホのメモに取る俺。

今は奏音が講師、生徒が俺のつもりで話を聞いている。

「お湯を沸かしている間に別作業をするよ。まず玉葱を切ってフライパンに入れて、次にベーコンも適当な大きさに切って入れてね」

奏音の言った通り、玉葱とベーコンを切る。

　玉葱を切る時にまた涙(なみだ)が出てしまったが、ひまりの時と違って奏音からは特に何も言われなかった。

　むしろ俺の泣き顔を見たのが気まずかったのか、「換気扇(かんきせん)を点(つ)けたら多少はマシになるかも」と、ちょっとだけ動揺(どうよう)しながら換気扇を点けてくれたけど。

「基本的に、具材はこれ二つだけでも美味しいから」

「へー。材料が少なくて美味いのは助かるな」

「あとは好みだねー。ほうれん草やブロッコリーを入れても美味しいし、タラコやエビもいいかも？　でも今日はしめじを入れるからね。昨日安売りしてたんだ」

　奏音はしめじのパックを開けて俺の前に出す。

　手でほぐしながらフライパンに入れた後は、バターを入れて玉葱がしんなりするまで炒(いた)める。

　その合間に、俺は素早くメモすることも忘れない。

「その次は小麦粉を入れて——って、かず兄お湯が沸いてる」

「お？　じゃあパスタを入れたらいいんだな」

「その前に塩ひとつまみ入れてね。これは深さがない鍋だけど、パスタを半分に折れば大(だい)丈夫(じょうぶ)だから」

奏音に言われた通りに塩とパスタを入れ、タイマーをセット。

「実はね、かず兄。文化祭が終わった後に、お母さんから連絡が来たんだ」

「へー…………。って、ええええええっ⁉」

なんでそんな重要なことを、料理の作業工程の一つであるかのようにサラッと言うんだ⁉

「あ、フライパン気をつけて。焦げちゃう。小麦粉入れたら、ダマが消えるまで混ぜてね」

奏音の説明通りに動くものの、今の俺の意識は完全にフライパンの中身に向いていなかった。

というか、どうして奏音の態度はそんなに普通なんだ。

「それで……叔母さんは何て？」

「『ちょっと疲れた』って」

「…………」

言葉を失う、というのをここまで実感したのは初めてかもしれない。

本当に、どう返事をしたらいいのかわからなかった。

「あ、良い感じに粘りが出てきたね。ここで牛乳を少しずつ投入するよ」

対する奏音の口調も態度も、いつもと変わらないものだった。

それは俺から見るとちょっと不自然なもので――。

「奏音……あのな――」

「大丈夫。私、我慢してないよ」

先手を取られてしまい、俺は思わず目を丸くしてしまった。

奏音が泣いたあの日、俺は奏音に直接その言葉を伝えてはいない。

でも、彼女は俺の真意をくみ取っていた。

「ぶっちゃけて言うと、まったく平気ってわけじゃないけど――。でも、我慢はしてないから」

小さく笑う奏音の表情は、嘘を言っているようには見えない。

「……そうか」

フライパンに牛乳を注ぎながら、木べらでかき回す。奏音が横から「ここでコンソメを投入っ」と横から手を伸ばした。

「うん。だからさ、こうやって今、かず兄と一緒に料理をしているんだよ」

控えめに笑う奏音の頬は、ほんのりと赤くなっていた。

俺もつられて顔が赤くなってしまいそうだったので、フライパンの中身に注意を向ける。

牛乳を入れたばかりの時はシャバシャバだったのに、かき回していると少しずつとろみが出てきた。

「それで、叔母さんに返事はしたのか？」

「ううん。何て返したらいいのかわかんないから、まだ……。でも、ちょっと安心した」

「安心？」

「思い返してみたらお母さんから『いつもありがとう』ってのはちょくちょく言われてたんだけどさ、『疲れた』とかマイナスの言葉は一切聞いたことがなかったなぁって……。でも今回初めてそういうの聞いて――変な言い方だけどお母さんも人間だったんだなって、安心したんだ」

　奏音の表情から伝わってくるのは、恨みではなくて感謝の気持ち。

　二人がどういう生活をしていたのかはわからないが、少なくとも奏音にとって、決して不幸な生活ではなかったというのは理解した。

「それでもやっぱ、勝手に出て行ったことはちょっと怒ってるけど」と付け足したのだが。

「で、最後の仕上げ。塩コショウを軽く振って――」

「振ったぞ」

「隠し味として、醤油を少量入れる」

「醤油？　クリームパスタなのに醤油を入れるのか？」

「うん、少しだけね。コクが出て美味しくなるんだよ」

「ほー……」

要するに、カレーにチョコレートやヨーグルトを入れるようなものか？　今はメモを取る余裕がないが、後でちゃんと書き留めておこう。

そこでピピピピとキッチンタイマーが鳴る。パスタが茹であがったらしい。

「お、ちょうどできたね。かず兄はそのまま混ぜてて」

奏音は慣れた手付きで鍋からパスタを取り出すと、俺が混ぜているクリームソースの中にパスタを投入した。

「これで一通りソースと絡ませたら完成！　作り方覚えた？」

「たぶん……。また後でメモさせてくれ」

二人分の皿を取り出し、できたクリームパスタを盛り付ける。

奏音に手伝ってもらったとはいえ、俺がこういうお洒落な料理を作ることができたなんて――。ちょっと感動してしまった。

そうだ、記念に写真を撮っておこう。

作った食べ物の写真をＳＮＳに載せる人の気持ちが、今初めてわかった気がする。

スマホのカメラをパスタに向けると、奏音の顔がにゅっと割り込んできた。

「おい、邪魔をするなよ」

「これでクリームパスタを作る時、私のことをいちいち思い出すでしょ？」

「────っ⁉」

イタズラっぽくニマリと笑った奏音。

スマホの画面越しに見るその顔は少し大人びて見えて、不覚にもドキリとしてしまった。

「次は何を教えようか？　かず兄の好み的に、牛丼や豚丼がいいかな？」

既に次のメニューまで考案されている。

『料理を教えてくれ──』

奏音との距離を取るために言ったはずなのに、逆に距離が近付いてしまったのは気のせいだろうか。

見た目の期待を裏切らず、自分で作ったクリームパスタは美味かった。

ついでにインスタントのコーンスープも付けたので、腹も適度に膨れて満足だ。

食べ終えた後は片付けだ。

これは二人が来てからほぼ俺がやっているので、以前よりかなり効率良く洗えるようになったと思う。そろそろ『洗い場マスター』の称号を得るかもしれない。

スプーンに付いた洗剤の泡をすすごうと、蛇口から出る水に当てた瞬間。

「うぉっ!?」

水はスプーンの表面を滑り、半円状に水が飛び散ってしまった。

くそっ。『洗い場マスター』までの道のりはまだ険しいか。

『スプーンを洗おうとしたら水がぶしゃあああっと派手に飛び散る問題』は、油断した時にやってくるんだよな。

やってしまった後は毎回「次は気をつけよう……」と思うんだけど、忘れた頃にまたやってしまう。人類はなぜこうも進歩しない生き物なのか。

「どうしたのかず兄。大丈夫？」

「すまん、水が飛び散っただけだ」

「私が代わろうか？」

「いや。片付けまでが料理――だろ？」

「そっか……。かず兄はきっと良いお婿さんになれるよ」

「なっ――!?」

「へへっ、かず兄照れてるぅ。いつかのお返しだから」

奏音は言いっぱなしでリビングに向かい、テレビを点けた。

確かに以前、奏音に『良いお嫁さんになれるぞ』と言ったことがあるけど……まさかこんな仕返しをされるなんて。

このセリフは、確かに言われた方が照れるな……。

あの時の奏音の気持ちがよくわかった。これからは人に言う時は気をつけよう。

……言う機会がまた訪れるとは思えないけれど。

※　※　※

授業の終わりを告げるチャイムが鳴ると、教室の中はすぐに喧噪に包まれる。

そんな中、奏音は窓の外をボーッと眺めていた。

梅雨明け宣言はまだされていないが、今年はそこまで雨が多くない気がする。

今日の空は、千切れかけた綿菓子のような雲が多かった。

「美味しそうだな……」

「何が？」

「ぉわっ⁉」

独り言に反応があって、奏音は思わず声を上げてしまった。

振り返ると、ゆいことうららが弁当箱を持って立っていた。

「奏音、もしかして寝惚けてる？　もうお昼休みだよー」

「あー……そうだった」

数学の先生は話し方にあまり抑揚がなく、奏音は毎回眠気に襲われる。ゆいこの指摘通り、奏音はまだ眠気を引き摺っていたのだった。

「空想世界のご飯じゃなくて、ちゃんと現実世界でご飯を食べましょー」

「はいはーい」

返事をしてから、奏音も鞄から弁当箱を取り出す。

昼休みになると二人が奏音の席までやって来て一緒に昼ご飯を食べる――という流れを春から繰り返してきたので、今日もいつものように二人は奏音の前の席に座った。

ちなみに奏音の前の席の男子たちは、チャイムが鳴り終わると早々に教室から出て行っている。奏音は確認したことはないが、たぶん食堂か購買にでも行っているのだろう。

「もうすぐ夏休みだねー」

「うん、本当楽しみ」

弁当を広げながら、ゆいことうららはいつにも増してウキウキな様子だ。

二人だけでなく、最近はクラス中がちょっと高揚した雰囲気に包まれているのがわかる。

夏休み前のこの独特な雰囲気は、今までの奏音は少し苦手だった。夏休みは奏音にとって、あまり楽しいものではなかったから。

家に一人でいるより、学校で誰かと会っている方がずっと好きだったからだ。

奏音が学校が休みでも、当然のように母親は仕事だ。

去年はアルバイトでもしてみようか——と求人情報を探してみたものの、疲れて家事を続けられなくなるのではないか？　という考えが常に頭に過ぎり、結局何もしないままだった。

家の中で一人、適当に過ごす夏休みが奏音にとっての普通。

でも今年は——一人じゃない。

「ゆいこもうららもやけに嬉しそうだけど、何か予定でもあるの？」

奏音が尋ねると、二人は顔を見合わせてからニンマリと笑う。

「実はねー、サマーツアーのチケットが取れたんだよ！」

「そ。私はゆいこの当選に便乗って形だけどね」

「へー!?　良かったじゃん！」

重度のジャニオタである二人はこれまでもコンサートに行っていたようだが、それでもチケットは毎回当たるわけでもないらしい。「落ちた……」と沈んでいる姿を奏音は何回か見かけていた。

　それだけに、喜びもひとしおなのだろう。

　奏音はコンサートに興味はないが、それでも友達が喜んでいると嬉しい。

「そういう奏音は何か予定あんの？」

「私は……親戚の家に行く」

　何もない――と答えるのに抵抗があったので、咄嗟にそう答えてしまった。

（既にかず兄の家にはいるけど……嘘じゃないし、うん）

「もしかして前に会ったいとこちゃん？」

「ひまりちゃんだっけ？」

「あぁ？　うん」

　そういえば前に一緒に遊んだ時に、ひまりのことはいとこだと紹介してしまったのだった。

「また予定が合ったら遊ぼうよ」

「うん。でもひまりの方はバイトをしているからどうかな……」

「へえ、ひまりちゃんバイトしてるんだ」

「あ、私も夏休みバイトする予定……。グッズの資金集めたいし」

うららが小さく挙手すると、ゆいこは「そうだった！」と大袈裟なリアクションをとった。

そこから二人は狙いのグッズについての話に花を咲かせる。

（夏休みの予定、かぁ……）

そんな二人を眺めながら、奏音は迫る夏休みについて思いを馳せるのだった。

※　※　※

第5話　バイトとＪＫ

※　※　※

日が沈みかけ、橙色と紺色がグラデーションになった空の下。

ひまりはバイト先の裏口の前で立ち止まり、小さくため息を吐いた。

人感式の照明が、地面に視線を落とすひまりを眩しく照らし出す。

ここのところひまりはずっと昼のシフトに入っていたのだが、今日は久々に夜のシフトだった。

つまり『あの日』以降会っていなかった高塔と、初めて顔を合わせる日である。

「でも仕事に私情は挟んだらダメだよね……。いつも通りにしなきゃ……」

ひまりは気合いを入れるため、自分の両頰をパンと叩いてからドアを開けた。

ドアを開けるとすぐに休憩室だ。

店長の中臣がデスクの前に座り、キーボードを叩いていた。どうやら次のシフトを作成しているらしい。

「お、おはようございます」

「あら、ひまりちゃんおはよう」

相変わらず低くて良い声で中臣はひまりに応える。

そういえばいつの間にか『駒村さん』呼びから『ひまりちゃん』呼びに変わっていた。

ひまりとしては、どちらの名前で呼ばれても嬉しいのだけれど。

ロッカーに荷物を置き、端にあるカーテンが引かれた簡易な更衣室に向かおうとしたところで、不意に中臣がひまりを呼び止める。

「ひまりちゃぁん」

「はっ、はい⁉」

思わず直立不動になってしまうひまり。中臣は軽く小首を傾げて続ける。

「何かあった？」

「え——？」

意図せず高い声が出てしまった。

「ど、どうしてですか？」

「んー……。いつもより元気がないように見えて」

「…………」

どうやらひまりの戸惑いは、表面に出てしまっていたらしい。

とはいえ、恋愛絡みのことなので口にするのは躊躇してしまった。

中臣がまったく知らない相手ではなく、高塔のことだから、余計に。

どうしたものかと数秒だけ悩むが、そういえば――とひまりはあることを思い出す。

「あの……店長。私、実は引っ越すことになってしまって。だから来月の半ばで辞めさせていただきます……」

「あら、そうなの!?」

「はい……」

辞めることは嘘ではない。

ここではない場所に行くのも嘘ではない。

それでも、ひまりの良心は揺さぶられてしまうのだけれど。

「せっかく仕事に慣れてきたところなんですけど、本当にすみません……」

「残念だけど、そういうことなら仕方ないわよねぇ」

「急な話で申し訳ないです……」

「事前に申告してくれるだけでこっちとしてはありがたいわよ。中にはいきなりバックれる子も少なくないからねぇ。あれは本当に勘弁してほしいって感じ。……で、ひまりちゃんの元気がないのはそれだけが理由？」

「え――？」

中臣はジッとひまりを見てくる。その目は、何かを見透かしているような大人の目にしか思えなくて――。

ひまりは耐えきれず、つい目を逸らしてしまった。

「あら、ごめんね。言いたくないことを無理に言う必要はないわよ。まぁ、私もそこそこ店長やってきて色々な子を見てきたし？　ある程度は想像がついちゃうんだけど――でも、私の想像と全然違うかもしれないしね？」

「その…………」

「だからぁ、無理に言わなくてもいいってば。ただ、ここのところひまりちゃんの人気はうなぎ登りだったし、やっぱり寂しいというのが正直なところねぇ。ついこの間、恵蘇口さんも辞めたばかりだし」

『実は振られちゃってね』

恵蘇口の名前が出たことで、あの日の姿がひまりの脳裏を過ぎる。

彼女は笑っていたけれど、きっと心の中はひまりの想像が及ばないほどボロボロだったに違いない。

文化祭の時、駒村に例え話で否定されただけで、ひまりは泣きそうになってしまった。

これで駒村の口から直接拒否の言葉が出てきたら、自分の心は一体どうなってしまうのだろう。

（うー……ダメだ。今はダメダメ）

これ以上考えると、マイナス感情の深みにはまって抜け出せない気がした。今は目の前のバイトのことだけを考えよう。

「店長。私、残りの期間も精一杯働きます。だからそれまで、よろしくお願いします！」

ビシッと腰を曲げて言うひまりに、中臣はフッと笑みをこぼす。

「ひまりちゃんは眩しいくらい素直ねぇ」

その目元がどこまでも優しくて、やっぱり店長は変わってるけど良い人だな――とひまりは思うのだった。


メイド服に着替え終え、手洗いを済ませて店内に入ると、いつも通り高塔がキッチンで調理をしていた。

既に嗅ぎ慣れてしまったオムライスの匂いだが、それでもひまりはシフトに入ると毎回「美味しそうな匂いだな」と思ってしまう。

ひまりに気付いた高塔は、フライパンの柄を握ったまま「今日もよろしく」と挨拶をしてきた。

ひまりの予想とは裏腹に、高塔の態度は至って普通だったのでちょっと拍子抜けしてしまった。

もっとギクシャクした雰囲気になってしまうことを覚悟していたので、心の中で安堵する。

「よ、よろしくお願いします」

少しぎこちない挨拶になってしまったが、ひまりもいつも通りに仕事を始めた。

高塔の態度から、ひまりとの間に何かあったことなんて誰も悟ることができないだろう。

彼は大学生で、ひまりより年上。

年齢だけで人の内面を量ることなんてできないけれど、彼の態度は自分より経験していることが多いからこそだろうな、とひまりは何となくだが感じ取っていた。

「お疲れさまでした」

「おつかれさまー」

特にトラブルもなくバイトを終えたひまりは、他のメイドたちに挨拶をして店内を後にする。

そのタイミングで、同じくバイトを終えた高塔から声をかけられた。

「駒村さん。今日は……どうする？」

その問いかけは間違いなく、『一緒に駅まで帰るかどうか』というものだろう。

客に待ち伏せをされてから、高塔が駅まで一緒に帰ってくれていた。

けれど前回の告白以降、彼と同じ時間にバイトが終わるのは今日が初めてだ。

ひまりは少しだけ逡巡してから答える。

「あの……もう大丈夫です。店長が対策をしてくれてから、待ち伏せされたことは一回もないし。あの人もあれ以来、店に来ていないみたいだし……。だからもう一人で帰れます。高塔さん、今までありがとうございました」

「……そっか」

高塔の表情が、ほんの僅かだが切ないものに変わる。

ひまりはその一瞬で気付いてしまった。

告白をして断られたからといって、その人に抱いていた気持ちが、直ちになくなってしまうわけではない。

中にはすぐに吹っ切れて『次』にいける人もいるだろうけれど、多くの人はそんなに簡単に割り切れない。だからこそ、恵蘇口はバイトを辞めたのだ。

だけど、高塔は極力その気持ちを表に出さないようにしている。

いや、出せないのか。

もしくはひまりに気を遣って、悟られまいとしているだけなのか——。

いずれにしても、高塔の心はまだつらいということはわかってしまった。

「……本当に、ありがとうございました」

もう一度礼を言ってから、ひまりは頭を下げて休憩室に向かった。

ひまりの心が彼に向かない限り、自分が何を言っても、きっと高塔の心を癒やすことはできないだろう。

自分ではどうしようもない部分で、人を幸せな気分にしたり、苦しませてしまったり。

(恋愛って難しいな……)

家出をするまで、ひまりは恋をしたことがなかった。

だからひまりにとってそれはわかるようなわからないような、少し遠い感情だった。漫画を読んでも、理解はできるが共感は難しかった。

でも、あの日駒村と出会って——。

歌にドラマに漫画にと、恋愛を題材にした作品が世に溢れている理由が、ようやくわかった気がする。
こんなに複雑なものだったなんて、ひまりは知らなかった。

※　※　※

第6話　コーヒーと俺

※　※　※

友梨がバイトをしている喫茶店は、周辺の会社の始業時間である9時を過ぎると少し店内が落ち着く。

テーブルに残っていた食器類を下げて洗い場に持って行くと、通り抜けざま店長が友梨に話しかけてきた。

「和輝君、やっぱり最近来ないね」

「そうですねぇ」

その理由を友梨は知っているが、当然言うつもりはない。

（かずき君の家、行きづらくなっちゃったな……）

店長に気付かれないよう、友梨は小さくため息を吐いた。

友梨が和輝に想いを告げたあの日――。

実のところ友梨は、奏音が自分たちを尾行していることに気付いていた。途中で振り返った時に、たまたま見えてしまったのだ。

自分の動体視力もまだまだ捨てたものではないなと、あの時変な自信を抱いたことなど、和輝は絶対に知ることはないだろう。

ただ、自分の告白まで奏音に聞こえていたのかはわからない。けれど、雰囲気でバレてしまった可能性は高い。

あの時の友梨には目の前の和輝のことしか考えられなくて、さすがに周囲にまで気を配ることなどできなかったのだ。

告白――。

あの日、生まれて初めて自分の気持ちを口に出して伝えた。

思い出すだけで心拍数が上がり、顔は恥ずかしさで途端に赤くなってしまう。

お酒の影響も少なからずあったが、あの時の友梨は、どうしようもない焦りを抱いていたのも事実だ。

焦り――それは、奏音とひまりの存在。

高校生相手に何を焦っているのだろうと思う一方、でも同棲だからな――と考えてしまうと、やはり軽く流せるものではなかった。

和輝が友梨に返事を即答できないのも、二人の問題があるからだ。

だけど——。

友梨は二人のことを嫌いになどなれない。

家事もできてしっかりしている奏音。

夢に向かって突き進んでいる素直なひまり。

二人とも良い子だと思う。同じ時間を過ごしている内に、友梨にとって二人は既に妹のような存在になっていた。

だからこそ、余計に心苦しかった。

※　※　※

早朝——目覚まし時計が鳴る前のことだった。

「かず兄……」

半覚醒状態だった俺は、自分を呼ぶ声ですぐに目が覚めた。

頭だけ横に向けると、奏音がベッドの前に立っていた。

顔色が悪く見えるのは、部屋が暗いせいだろうか。

「今日ちょっと、熱あるみたい……」

「熱？　大丈夫か？」

俺は慌てて起き上がる。

顔色の悪さは、部屋の暗さのせいではなかったらしい。

「体がだるい……。朝ご飯はごめん。あと学校休む……」

「わかった。今日はしっかり休んでろ」

「うん……」

そこでなぜか、奏音はモソモソと俺のベッドに入ろうとしてきた。

「いや、自分の布団に戻れ⁉」

小声で、でも精一杯主張する俺。

このまま奏音が俺のベッドで寝てしまったら、ひまりにいらん誤解をされてしまう。何もしていないのに事案発生だ。

「うーあー……ごめん……」

奏音はだるそうにしながら自分の布団に戻っていった。

今のはわざとじゃなかったのか……。

それにしても奏音は、体調を崩しやすい体質なのだろうか。

前も風邪を引いたしな——。

と、以前奏音の背中を拭いた時の映像が脳内に蘇ってしまったので、俺は慌てて頭を横に振った。

奏音は今日の朝食は、焼き鮭とお吸い物を出す予定だったらしい。冷蔵庫の前面にわかりやすく用意がしてあった。

お吸い物は三人分の小さな容器に入れられており、温めるだけで良い状態になっている。これは昨日の晩ご飯の残りなのですぐにわかった。

時々こういうふうに翌朝の用意までしていることがあるのだが、生活力が高いなと常に感心してしまう。

いや、感心しているばかりではダメな気もするのだが。

「奏音ちゃん、今は何も食べたくないそうです」

リビングからひまりがやって来た。

「そうか……。何でもいいから後で食べるように言っておいてくれ」

「わかりました。いざとなったら、私が奏音ちゃんの食べたい物を買ってきます」

ひとまず俺は、冷蔵庫から鮭を二人分だけ取り出して焼く。

お吸い物の用意はひまりに頼んだ。電子レンジで温めるだけの作業なので、頼むほどでもない気がしたけれど。あとは麩でも入れるか。

鮭もすぐに焼けた。白米も用意したら、立派な朝食の完成だ。

何というか、自分が『丁寧な暮らし』をしている気分になって、ちょっと気持ち良い。

とはいえ、喫茶店のモーニングセットを食べていた時間も、それはそれで好きだ。

そういえば、しばらくあそこの喫茶店に寄ってないなとふと思った。

今日はいつもより早く起きたし、ちょっと寄ってから行ってみるか。

あっという間に朝食を食べ終えた俺は、会社に行く準備をしてから、あとはひまりに任せることにした。

「それじゃあ、奏音のことを頼む」

「はい。今日のバイトはお休みなので任せてください」

「何かあったらすぐに連絡してくれ」

「わかりました」

「火を点ける時はくれぐれも気をつけるんだぞ。火傷しないようにな。火事にならないように、燃えそうな物を周辺に置くのもやめるんだ」

「わかってますって。私どれだけ信用されてないんですか⁉」

「いや、つい心配で……」

これまでのひまりのポンコツ具合を見てきているだけに。

とはいえ、バイトのおかげでひまりも少しずつ成長はしているので、今日は任せて行くとしよう。

「いってらっしゃい」の声がひまりだけなのが、いつもと違って少し違和感があった。


会社近くにある喫茶店の前に立つのは、およそ二ヶ月ぶりか。

前に来た時は、友梨に告白されるなんて想像すらしていなかったな……。

ちょっとだけ躊躇してしまうが、今さら引き返すつもりもない。

意を決してドアを押し開けると、ベルがカラカラと乾いた音を鳴らす。この音を聞くのも久しぶりだ。

「え、かずき君⁉」

店内に入ってきた俺を見て、エプロン姿の友梨が目を丸くする。

「おー。いらっしゃい」

俳優のような店長は相変わらずダンディーで、笑顔で俺を迎え入れてくれた。

「和輝君、最近来ないなぁって昨日話してたところなんだよ。噂をすれば何とやら、だね」

「そうなんですか……」

横目で友梨を見ると、ちょっと恥ずかしそうに目を逸らした。

ひとまず席に着く。今日はテーブル席に座った。

俺が座るタイミングを見計らい、いつものように友梨が水とおしぼりを持ってくる。

「えぇと、時間的に今日もホットコーヒーだけかな？」

「あぁ」

顔を見るのが気恥ずかしかったので、テーブルに視線を落としたまま答える。

友梨はすぐにカウンターの中に入り、店長にオーダーを通した。

ほどなくして友梨が「はいどうぞ」とコーヒーと伝票をテーブルに置く。

「ありが――」

そのタイミングで入り口のベルがカラカラと鳴った。

「いらっしゃいませ」

友梨はすぐに入ってきた客の所に向かい、席に案内する。

ふわりとした優しい笑顔で接客をする友梨を見て、胸に何とも言えないモヤモヤが発生した。

これは、中途半端に言葉を断たれたせいだろうか。

それとも――。

スッキリしたくて、俺は一気に半分ほどコーヒーを飲む。

こういう味だったなと思う反面、前に飲んだ時より、ほんのちょっとだけ苦い気がした。

※　※　※

布団の中で寝続ける奏音。

ひまりは奏音のために、冷蔵庫からスポーツドリンクを用意して彼女の許に持っていく。

「奏音ちゃん、水分は取らなきゃダメだよ」

結局、奏音は朝からろくに食べていない。ヨーグルトを食べただけだ。

「ん…………」

ひまりの声かけに反応して、奏音はのそのそと起き上がる。続けてひまりからコップを受け取り、ちびちびとスポーツドリンクを飲み干した。

「お昼ご飯はどうする？　奏音ちゃんが食べたい物、私買ってくるよ」

「ひまり……また調子悪くなっちゃってごめんね……」

再び横になった奏音は、弱々しい声で呟いた。

「そんなの気にしなくていいよ。それで、食べたい物は？」

「そう、だな。かき氷がいいな……。味は——」

「イチゴ？」

ひまりが先回りして尋ねると、奏音はちょっと嬉しそうに「うん」と答える。

「えへへ、当たった。奏音ちゃん、イチゴ味が好きだもんね」

奏音の手が、ひまりの服の裾をキュッと握ったのはその時だった。

「え——？」

「昔……保育園の時にも熱が出て、お母さんに迎えに来てもらったことがあってね。あの時も、帰りにイチゴ味のかき氷を買ってもらったなぁって……」

「そうなんだ。保育園の時のこと、よく覚えてるね」

「かき氷で急に思い出しちゃった……」

奏音の手はまだ、ひまりの服を摑んだまま離れない。

「私さ、小さい頃は、雲って綿菓子みたいにふわふわしてて、人が乗れるものだと思ってたんだ……」

「…………？」

何の脈絡もない奏音の言葉に、ひまりは困惑する。

熱で朦朧としているせいだろうか。

「それで、お母さんにおんぶしてもらって帰ってて……その時にさ、ふと空を見たら、飛行機雲があったんだ」

「……うん」

あぁ、これはさっきの保育園の時の話の続きなのだな——と理解した。

「その時だけ頭が痛いのを忘れて考えちゃったんだよね。あの飛行機雲もふわふわしてて、人が乗れるのかな？　って。それが知りたくて『お母さん、飛行機雲があるよ』って言ったんだけどさ、お母さんは何も言ってくれなかった」

「………」

「たぶん、聞こえてなかったんだと思うんだけどね……。私、重かっただろうし。でもあの時お母さんが答えてくれてたら、雲はふわふわなんかしてないって、もっと早い段階で知れたかもしれないなぁ……。だって小4の時までそう思ってたもん」

奏音はふふっと小さく笑う。

なぜ今、奏音がこの話をしたのかひまりにはわからない。

きっと熱のせいだろうな——とは思うけれど。

奏音はようやくそこでひまりの服から手を離す。

「……帰ってきてね」

その言葉にひまりはハッとする。

そして以前、奏音とケンカをした時のことを思い出した。

あの時の奏音は、ひまりが帰ってきたことに対して異常なくらい安堵(あんど)してくれたけれど

――。

(そうか。奏音ちゃんはお母さんに置いていかれたことを――)

ひまりの胸がキュッと痛くなる。

「うん。大丈夫(だいじょうぶ)だよ。ちゃんと帰ってくるから。かき氷、買ってくるね」

ひまりは奏音の頭を優しく撫(な)でてから立ち上がった。

※　※　※

第7話　悩み相談と俺

定時の終わりを告げるチャイムが鳴り終えてしばらくすると、「お疲れさまでした」とぞろぞろと帰宅を始める経理部の面々。

かくいう俺も今日は順調に仕事が進んだので、いそいそとパソコンの電源を切った。

そして椅子から立ち上がったところで――。

「はぁ――………」

デスクに突っ伏し、鉄球が付いているのかと思うほど、重いため息を吐く磯部の姿が目に入る。

そういえば、今日は昼休みの時もテンションが低かった。

いつもは流し込むようにして食べる食堂のAランチも、食べきるまでに時間がかかっていたし。

とはいえ、元気がない理由を磯部から言ってこなかったので、俺もあえて流していたのだが――。

ここまであからさまにどんよりオーラを背負っていると、さすがに心配になる。

普段は磯部の方から「聞いてくれよー」と軽い調子で愚痴を言ってくるだけに、ただごとではない気がした。

「どうした。何があったんだ？」

さすがにこれ以上見て見ぬ振りはできない。

おもいきって声をかけてみたら、磯部はデスクに顎を乗せたまま目だけをこちらに向けた。

「駒村……。俺、めっちゃ悩んでるんだよ……」

「まぁ、見ればわかる」

「ほんと、どうしよー……」

「……話くらいなら聞くぞ」

軽くため息を交えながら言った瞬間、磯部はガバッと身を起こす。

「さすが駒村様！　救世主様ー！」

「その呼び方はやめろ」

現金な態度の同僚に呆れつつ、俺はスマホを取り出す。開いたのはＳＮＳの画面だ。

三人で生活を始めてから、俺は初めて「今日は晩ご飯はいらない」という文面を奏音に送ったのだった。

駅前にある居酒屋。

焼き鳥がメインで、カウンター席が大半を占める小さな店だ。

まだ夕方ということもあり、店内にいるのは俺と磯部と、一人で飲んでいる中年のおじさんだけだった。

無難に生ビールを注文し、お通しの枝豆を二つほど食べたところで「実はさ……」とようやく磯部は切り出した。

「信じられないかもしれないけど」

「どうした」

「佐千原さんに告白されたんだ」

「…………………………え？」

磯部の言葉が理解できるまでに、十秒くらい使ってしまった。

親父から奏音を預かってくれないかと電話があった時も衝撃だったが、今回はそれ以上だったかもしれない。

「えーと……佐千原さんて、あの佐千原さん？」

「どの佐千原さんだよ。お前も知ってる営業部の佐千原さん」

「彼女がお前に？　告白を――？」

「そうだよ……」

「いつ？」

「昨日の帰りに」

「マジか……」

「マジなんだよ……」

「お前の妄想ではなく？」

「妄想でこんなに悩んでたまるか⁉」

ええと……。佐千原さん、俺に『素敵』とかちょっと良い感じの言葉をかけてくれなかったか？

いや、別に期待していたわけではないんだけどさ。

つまりあれは本当に裏表のない、完全な社交辞令だったというわけか……。

異性に褒められ慣れていない、俺の未熟さがこんな形で露呈してしまうとは。ちょっと虚しい。

「信じられないって顔してるけど、俺が一番驚いているからな？」

「まぁ、そうだろうな……。で、どう言って告白されたんだ？」

赤の他人の恋愛話はどうでもいいが、磯部のことなのでそこはやっぱり興味がある。

「別に普通というか……。『好きなので付き合ってください』って……」

「へー」

「なんだよ。ニヤニヤすんなよ」

そのタイミングで注文していた生ビールが届いた。

俺と磯部は適当に焼き鳥をいくつか注文し、店員が離れたところで続ける。

「それで、返事はどうしたんだ？」

「そこなんだよ………」

磯部はそこでグイッとビールをあおった。

「あのさ……。恋愛を意識してなかった人から告白された場合、駒村ならどうする？」

「え――――」

そんな返しをされるなんて想像すらしてなかった俺は、また固まってしまった。

ある意味それは、友梨に告白された俺自身に対する質問でもあり――。

つまり形は違えど、俺たちは今同じ問題に直面しているってことか。

それなりに気が合う同僚だと思っていたけど、こんなところまでシンクロするなんてさすがに思ってなかったわ。

磯部は縋るような目で俺を見てくる。

チワワみたいだな、とちょっと思ってしまった。

大人の男に庇護欲なんか抱きたくないので、その目はやめてほしい。

「そうだな……。特に嫌な感情を抱いていない人なら、まずはどういう人なのか知るぐらいはする……かなぁ？」

俺の返答は煮え切らないものになってしまった。

まぁ、友梨に関しては子供の頃からよく知っているわけなんだが……。

「やっぱそういうもんなのかな……」

「逆に聞くけど、佐千原さんのこと嫌なのか？」

「嫌ってことはない。明るいし良い人だと思うよ」

「他に好きな人がいるとか？」

「いや、今は特に……」

「だったら、特別悩む必要はない気がするけどな」

それでも磯部は、うーんと唸りながらカウンターに突っ伏した。

「そう言われるのはわかってるんだけどさぁ。俺、仕事と恋愛は切り離していたいってのもあるんだよなぁ……。だって会社から離れていても、彼女が会社の人だったらさ、家に帰っても心のどこかで会社のこと考えちゃうじゃん」

「なるほど……」

今までそんなこと考えたことがなかったので、俺としては目から鱗だった。

職場恋愛をしている人たちは、そのあたりは割り切っているのだろうか。

「あとさ、俺の場合彼女ができたら絶対会社で浮かれるじゃん？　何か周りにバレそうじゃん？　佐千原さんにも迷惑かけそうじゃん？」

「自分で言うなよ」

そこまで自己分析できているのは、ある意味尊敬してしまうけど……。

「でもまぁ、いくら磯部でも浮かれるのは最初だけでその内落ち着くだろ。一番大切なのはお前の気持ちというか、佐千原さんをどう思っているかという、その部分だと思うけどな」

自分が吐いた言葉で、自分の耳が痛くなる。

俺も友梨のことをどう思っているのか――。

それについては不明瞭なまま先延ばしにしていることに、改めて気付いたからだ。

「自分の気持ちかぁ……」

磯部が特大のため息を吐いたところで、注文していた焼き鳥がやってきた。

タレと塩のセットだ。うっすらと湯気が立ち昇っていて美味そうだ。

「ぶっちゃけるとさ、俺は俺のことを好きな人が好きなんだよね」

「だったら尚さら悩む必要はないじゃないか……」

「でもなぁ――」

「怖いんだろ?」

そのひと言で、焼き鳥を口に持っていこうとしていた磯部の手が止まった。

「俺からすると、怖いからなんだかんだ理由をつけて逃げているようにも見える」

「なるほどー……。あー……。なんかそうかもしれない」

これまで同僚として接していた人との距離が、自分の答え次第でガラッと変わるわけだ。

怖くなるのも理解できる。

「ま、決めるのは俺じゃないからな。悩め悩め」

「すっげー他人ごとだな」

「実際他人ごとだし」

言ってから焼き鳥を頬張る。強い塩の味が口内に広がった。

他人にはどうとでも言えるんだが……。自分のことに関しては盲目になってしまうのは、
人として仕方がない部分だろうな。

——と、心の中で自分に対してちょっとフォローしてみる。

「それにしても佐千原さん、どうしてお前のこと好きになったんだろうな」

「それは俺が一番知りたいわ」

「聞いてみればいいだろ」

「それができないからここにいるんだよ……」

恨めしげな目で俺を見つめつつ、磯部は焼き鳥を一気に頬張るのだった。


「というわけで、明日佐千原さんを飲みに誘った」

「どういうわけで!?」

次の日、昼休みの食堂で磯部が絶叫した。

周囲の目が一斉に磯部に集まる。

「あ、すんません」

磯部は周囲にへこりと軽く頭を下げた後、キッと俺に向き直った。

「説明を要求するッ」

「お前がさっきトイレに行っている間に、佐千原さんとバッタリ会ってな。ほら、前の送別会の帰りに言ってたじゃないか。『この三人で飲みに行こう』って」

「確かに言ってたけどさぁ……。駒村……自分から女性を飲みに誘うようなキャラじゃなかっただろ？　どうしちまったんだよ」

「だってこうでもしないと、いつまで経ってもウジウジ悩んでるだろお前」

俺が言うと、磯部は「うっ――」と小さく呻いた。

痛いところを突いてしまったらしい。

「あまり引き延ばすと、会社でもどんどんぎこちなくなっていかないか？　それに自分では気付いていないかもしれないけど、仕事中にため息を吐く頻度が上がってるぞ」

「え、マジ？」

「マジだ。あと、磯部の仕事の作業効率が下がると、俺としても困るんだよ。基本的に俺は早く家に帰りたいし」

「自分のためかよ……。いや、駒村らしいけどさ」

確かに自分のためでもあるのだが、やっぱり好奇心もあったりする。

本人には言わないけれど。

あとは、佐千原さんの力にもなってあげたい――という心もあった。これは完全にお節介かもしれないが。

告白の返事を待っている――という、友梨と重なるこの状況。そう。俺は佐千原さんと友梨を少し重ねていたのだ。そこに因果関係などないことはわかっているのだけれど。

「で、明日の夕方。駅の北側の店な」

「うー……。やっぱ行かなきゃダメか？」

「強制はしないが、昨日の話を聞く限り、このまま引き延ばしても結論は出せないと思うけどな、お前の場合」

「駒村が俺のことを理解しすぎててつらい……」

だって磯部のやつ、わかりやすいもん。

「ちなみに、佐千原さんの様子はどうだった……？」

「至って普通だったぞ。あの様子だと、営業部の他の人にもバレてなさそうだな」

少なくとも表面上はそう見えた。

きっと心の中は大変な思いが渦巻いていたのだろうが、そのあたりの本心を隠すのが上手い人だなと思ってしまった。

「そうか……」

「だからそうやって考え込むなって。いつものお前らしく勢いで決めてもいいんじゃないか？」

「えっ、何ソレ。俺、今までそんなに勢いで決めてたっけ？」

「むしろ俺からすると、勢いのみで生きている印象しかないんだが……。電車で見かけただけの女性に『何もしてないのに振られた』って言ってたこともあっただろ」

「あー……確かにそんなこともありましたなぁ。あの頃の俺は若かったんだよ」

「まだ二ヶ月前だろ……」

まぁ、あれは半分は冗談みたいなものだったのだろうけど。

「でもまぁ、合わなかったら別れる、くらいのノリでいってもいいのかもな……」

磯部のその言葉は、やけに俺の心に浸透してしまった。

合わなかったら別れる、か――。

一緒に同じ時間を過ごしてみないと、その人のことを本当の意味で理解できないよな。

まぁ、それは恋愛に限ったことでもないけど……。

「とにかく、明日の夕方だ。予定空けとけよ」

「と言われても、元から予定なんてないんだよなぁ」

独身男の悲しいぼやきは、食堂の喧噪に紛れて消えていった。

そして次の日の夕方。

残業にならないよう俺たちは午前中から仕事を頑張り、何とか定時で終えることができた。

磯部と一緒にエレベーターでエントランスまで下りると、佐千原さんは既に待っていた。

スマホを触っていた佐千原さんだったが、俺たちの姿を確認するや否や、満面の笑みになる。

「お疲れさまです」

「お……お疲れっす……」

いつも通り元気な佐千原さんとは対照的に、明らかに挙動がおかしい磯部。

うーん。これは結構重症だな。

「じゃあ早速行こうか」

「はいっ」

佐千原さんは朗らかに返事をして歩き出すが、なぜか磯部は俺の体を利用して半分隠れている状態だ。

「やめろよ。女子高生かよ」

「そうは言っても、やっぱ照れるんだよ……」

一体どっちが告白された側かわからんな……。

今日の店は、魚介類がメインの居酒屋だ。

奥の方のテーブル席に案内される。当たり前のように俺の隣に座る磯部と、俺たちと向かい合うように座る佐千原さん。

早速店員が来て先にドリンクを注文すると、佐千原さんが控えめに頭を下げた。

「あの、駒村さん。今日は誘ってくださってありがとうございます」

「いや、こっちこそ。迷惑じゃなかったかなって」

「そんなことないですよ。むしろこの間言っていたことをもう実行してくれて、嬉しいです」

そこで沈黙が訪れてしまった。

磯部は忙しなく視線を店内に動かしながら、使い終えたおしぼりを無意味にクルクルと巻き続けている。

「ええと、その……。駒村さんはもう私たちのこと、知っているわけ……ですよね？」

これまでの朗らかな態度はどこへやら。

佐千原さんは上目遣いで、やや気まずそうに聞いてきた。

俺はこくりと無言で頷く。

「ですよね……」

「あ………ごめん……」

磯部が申し訳なさそうに謝罪すると、佐千原さんは慌てて手を横に振った。

「い、いえっ⁉　大丈夫です。駒村さんなら全然問題ないというか——！」

これはどういう意味のフォローだろう……。

少なくとも信頼はされているということだろうが。

「私の方こそ、磯部さんを悩ませてしまってごめんなさい……」

しゅんと俯く佐千原さんの姿は、無関係の俺もちょっと胸が痛む。

隣で硬直している磯部の脇を、思わず軽く小突いてしまった。特に深い意味はないけれど。

そのタイミングで店員が飲み物を持ってきた。

三つの生ビールがテーブルに並ぶ。

特に口上もなく、控えめにグラスを合わせて乾杯をしてから、まずは一口。

ビールは美味いが状況が状況なだけに、あまり味を感じる余裕がなかった。

「正直に言うと、私ちょっと駒村さんに嫉妬してました」

「…………へ？」

　意外すぎる単語を出されてしまったので、思わず変な声を出してしまった。

「嫉妬――俺にですか？」

「はい。だって、いつも磯部さんと楽しそうにやり取りしてるんですもん」

「楽しそう……？」

　思わず磯部と顔を見合わせてしまった。

「駒村、俺と話してて楽しかったのか？」

「いや、そんなふうに考えたことはない。普通に話してるだけだ」

「とかいって、実は俺と話すのを楽しみに会社にきてるとか」

「んなわけあるか！　気持ち悪いこと言うなよ」

「それ！　そういうやり取りが羨ましかったんですよ、もぉ～～」

　ビシッと指を突き出してくる佐千原さん。

　俺としては普通に会話をしていただけのつもりだったので、彼女の指摘は意外というほかない。

「そうやって、何気ない会話の応酬ができるのが、いいなぁって……」

『二人より、ずっと先に――』

なぜか、そこで友梨の顔を思い浮かべてしまった。

もしかしたら友梨も、彼女と同じようなことを思っていたのだろうか。

俺と一緒に過ごしている奏音とひまりに対して、同じようなことを――。

「好奇心で聞いてしまいますけど……こいつのどこを好きになったんですか？」

「ぴゃっ!?」

佐千原さんの口から変な鳴き声が出た。顔も真っ赤に染まっている。

会社の人のこういう一面を見ると、なんか新鮮だな。

「おい駒村!?」

なぜか慌て出す磯部は無視。

いや、だって。そこは一番気になるところだろ。

「そ、それはですね……」

佐千原さんは指をモジモジと弄りながら続ける。

「私、入社したての頃は領収書の不備が多くて……ある日経理部に領収書を持っていった時、次長さんに怒られちゃったんです。その後で励ましてくれたのが、磯部さんだったんですよ……。磯部さんは覚えてないかもしれないですけど」

磯部は眉間に皺を寄せて考え込んでいる。

これは、本当に覚えてないみたいだな……。

確かに領収書の不備は他の部署の人も結構やらかすので、俺たちにとっては別段珍しいことでもないわけだが。

「経理部を出ようとした私に、自分のデスクの中からうまい棒を取り出して渡してくれたんです」

「そ、そうだったっけ？」

「はい。実はあの時、怒られたことに対して結構へこんでて……だからすごく励まされたんですよ私。あと、ちょっと面白い人だなって」

「…………なんで？」

「だってデスクの引き出しの中、うまい棒が山盛りに入ってましたもん」

「くっ――――」

「笑うな駒村」

今度は俺が肘で小突かれてしまった。

それはともかく、磯部と佐千原さんにそんな接点があったなんて知らなかった。

「その日以降、磯部さんのことが気になってしまって……。そして何度かお昼ご飯を一緒に食べる内に、やっぱり面白い人だな、もっとお話ししてみたいなと思うようになってました……」


佐千原さんはそこまで言い切ると、赤くなった顔を誤魔化すようにビールをあおる。

これまで昼休みに会った時、彼女が磯部の隣に座ることが極端に少なかったのは、いわゆる『好き避け』というやつだったのか——とようやく合点がいった。

それに関しては、もう少しわかりやすい態度を取ってほしかった気もする。

もしかして——？　と、経験がない故に勘違いしかけた俺も悪いのだけれど。


その後、磯部と佐千原さんの話題は一旦置かれ、会社の愚痴を言い合う会に変わっていた。

「うちの会社、入り口の向きを逆にして欲しいよなー」

「本当そうですよねー。駅からだと、道をぐるっと回ることになるし」

酒が入っているせいか、店に来た直後のようなぎこちない空気は吹っ飛んでいた。

そろそろ頃合いだろうか——。

刺身の盛り合わせとイカのフライを堪能した俺は、おもむろに立ち上がる。

「お、トイレか？」

「いや。俺、そろそろ抜けるわ」

「えっ⁉ もう⁉」

途端に縋るような目で見てくる磯部。

でも俺は、あえて突き放すことにした。

きっとこの調子なら、上手くいく気がしたから。

「早く帰らないと、家で『彼女』が待ってるからな」

「なっ――⁉ やっぱりお前彼女いるんじゃん！」

俺はあえて何も言わず、ただ笑って受け流す。

今だけは、なぜか否定する気にならなかったのだ。

「じゃあ、釣りはいらないから」

お金を磯部に渡し、俺は振り返らずに居酒屋を後にする。

一杯しか飲んでいないのに、やけに胸がふわふわとしていた。


次の日、「付き合うことになった」と磯部から照れくさそうに報告を受けた。

ひとまず良かった、と思ったのが正直な気持ちだった。

こういう場合、何と言うのが正解なのだろうか。

「おめでとう」でいいのか？

それとも「頑張れよ」か？　いや、何かこれは偉そうだな。

今まで身近な知り合いからそんな報告を受けたことがなかったので、咄嗟に言葉が出てこない。

ひとまず祝福の言葉の代わりに、磯部の背中をバシバシと叩いてみた。

「いや、叩きすぎ!?　いてーよ！」

気持ちが籠もりすぎていたのか、ちょっと怒られてしまったけれど。

第8話　チャンスとＪＫ

※　※　※

「よし、できた」

完成した絵を前に、ひまりは一人呟いた。

今回描いたのは、とある漫画のキャラクター。

フリルがたくさん付いた衣装を着ている女の子だ。フリルを描くのは大変だったが、その分の達成感はひとしおだ。

ひまりはいつものように絵を投稿しようとＳＮＳのサイトに行き、自分のアカウントでログインをする。

「あれ？」

真っ先に目に入ったのは、メッセージの通知だった。

滅多にない通知に少し恐々としつつ、ひまりはアイコンをクリックをする。

「――え」

メッセージに目を通したひまりは、パソコンを前に固まってしまった。

それから数秒したのち――。

キョロキョロと周囲を見回し、目を擦(こす)り、改めてパソコンの画面を見る。

そこにあるのは、やはり同じ文面だった。

「嘘(うそ)…………。え……どうしよう……」

ひまりの心臓は、途端にバクバクと鳴り始めた。

※　※　※

夕食を終え、リビングでテレビを見ながらまったりと過ごす。

奏音(かのん)はドラマを見つつ宿題をこなしていた。

テレビを見ながら勉強をしても、あまり身にならない気がするのだが。

とはいえ、今さら『テレビを消せ』とも言いにくい。

「そういえば、ひまりはまだお風呂(ふろ)に入ってないよね」

奏音に言われて気付いた。今日はひまりが風呂に入る順番は最後なのだが、確かにまだ入っていない。

ひまりは今、絵を描いているはずだ。

俺の部屋のドアが閉められている時は、ひまりが絵を描いている最中なので入ってはいけないという、暗黙のルールがいつの間にやらできていた。

いきなり入ると驚かせてしまうだろうから、声をかけるだけにしよう。

「ひまり。そろそろ風呂に――」

「どっ、どうしよう⁉」

「うぉっ⁉」

突然ひまりが勢い良く出てきたので、思わず声を洩らしてしまった。

「あ⁉　す、すみません駒村さん。で、でもっ、その――」

「ひまり、何かあったの？」

これはただならぬ気配だ。

一瞬だけ奏音と顔を見合わせる。

「あ、あのっ。メールがっ。た、大変なんですっ！」

「メールが大変？」

どういう意味だろう。

大量の迷惑メールでも届いたのだろうか。

「えっと、絵を投稿しようとしたら、何か連絡がきていてっ。でも私、こんな――」

顔を赤くさせ、興奮気味に何かを伝えようとするひまり。

手も無意味にパタパタとさせていて、ペンギンみたいでちょっと可愛いなと思ってしまった。

「とりあえず一旦落ち着け。はい深呼吸」

「う――？」

俺に言われるがまま、ひまりはスーハーと息を吸って吐き出した。

……素直だな。

三回ほど繰り返したところで、俺はまた声をかける。

「それで、どんな連絡がきたんだ？」

賞の結果が出るのはまだまだ先のはずだけど……。

「まさか、ひまりの身内からか――？」

良からぬ想像が頭を過ぎるが、ひまりはぶんぶんと頭を横に振った。

「その、実は出版社の人からで……」

「『出版社⁉』」

俺と奏音は、同時に声を上げていたのだった。

賞に出した後、ひまりは趣味で短い漫画を描いてネットに掲載したらしい。

ひまりはその漫画を掲載した後はすぐ次の絵に取りかかったので、しばらく投稿先の画面を見ていなかった。

今日新たな絵を投稿しようとログインをしたら、ひまりがこれまでに経験したことがないほどの閲覧数と評価がその漫画に付いていたという。

それが呼び水となったのか、ひまりが投稿した過去のイラストや漫画にも評価がたくさん付いていて——。

そして投稿先のメール機能に、出版社の編集を名乗る人から連絡がきていた。それで動揺して俺たちに伝えてきた——という経緯だった。

ひまりから説明を受けた俺と奏音は、しばらく「すごい」という言葉以外を忘れてしまった人間になっていた。

自分とはまったく縁がない世界なので、『よくわからんがすごい』という感想しか抱けないのだ。

出版社の人は、俺とはまったく別世界の人という認識だ。ある種の神々しさまで感じてしまう。

「そんで、ひまりはどうするの？　もしかして本を出すの？」

「あの、それはまだよくわからないというか……。そもそも、返事をどうしようか悩んでて……」

「えー。そうなの？」

「はい……。私、漫画は本当に趣味というか、見よう見まねで何とか短いページを描ける程度なんです……。イラストと漫画に使う技術は全然違っていて、漫画に関しては私はまったく勉強不足で……」

「ふーん、そういうものなんだ……。あのさ、良かったらひまりが投稿した漫画見せてくれない？」

「えっ!?」

「嫌なら無理にとは言わないけど」

「えっと……わかりました」

ひまりはモジモジとしながらパソコンの前に行く。

チラッと俺の方を見た目が、少し気まずそうだったのは気のせいだろうか。

そしてひまりは「これです……」と控えめに呟く。

画面に表示されていたのは、ひまりの言った通り短い漫画だった。スクロールバーが大した仕事をせず、あっという間に読み終える。

切ない漫画だった。

青年が消えるシーンのコマだけがカラーになっていて、やけに印象に残る。

同時にひまりが俺に対して気まずそうな視線を送ってきた意味が、わかってしまった。

これは、モチーフにしているのはおそらく人魚姫だな……。

ひまりが文化祭の時に俺に問いかけた言葉と、表情。

その答え合わせがほぼできてしまった。

だからひまりは、あの時——。

その隣で奏音が「いや、嘘でしょ……？　マジで……？」と呆然と呟いた。

奏音の心の琴線に触れたのだろうか。

それにしては、何か違う感情の方が勝っているような——と思った瞬間、奏音はいきなりひまりの肩をガシッと掴んだ。

「これ、私の友達からSNSで回ってきて見たやつ！　これひまりが描いてたの⁉　え、マジで凄いじゃん！」

「友達から回ってきたんですか？」

「そうだよ！　めちゃくちゃバズってたやつだよ！」

興奮状態の奏音とは対照的に、ひまりは目をパチクリとさせている。

自分の漫画がそこまで話題になっていたことを、全然知らなかったらしい。

「やっぱりひまりは凄いよ。これはデビューしなきゃもったいないって」

「まぁ落ち着け奏音。それでもひまりは悩んでるんだろ？」

奏音をひまりから引きはがしつつ尋ねる。

ひまりは眉を下げてコクリと頷いた。

「はい……。今回の漫画を含めた、過去に投稿した短い漫画と、あと描き下ろしの話をいくつか付け加えて単行本にしませんか？　っていうありがたい提案メールなんですが、描き下ろしで満足いくような話を作れる自信がなくて……。そもそも今回の漫画も話の良いところの断片だけだし、さっきも言ったように技術も全然未熟だし……」

ひまりは「うー……」と悩み始めてしまった。

「駒村さん……どうしよう……？」

「それは俺が決めることじゃないからなぁ」

「うぅ……そうですよね……」

「しっかり悩め——と言いたいところだけど、回答期限とかあったりするのか？」

「実はメールが来たのは三日前だったみたいなんです。でも、私がログインして気付いたのは今日なので——。あまり時間は空けられないかなって……。

「既に三日経っているのか。受けるにも断るにも、早めに返答した方が良いだろうな」

「やっぱりそうですよね……」

「とりあえずお風呂に入ってくれば？　ちょっとは気持ちに整理がつくかもよ？」

そういえば、ひまりに風呂に入るように言おうとしてたんだった。

奏音に言われたひまりは、「そうします……」と着替えを持って風呂場に向かう。

俺と奏音はその後ろ姿を見送った後、互いに顔を見合わせた。

「ひまりがあそこまで悩むなんて」

チャンスってものは、本人が思ってもいなかったタイミングで来るもんなんだな。

どうかひまりの納得いく結論を出して欲しいが——。


「駒村さん、奏音ちゃん。私、決めました」

風呂から出てきて開口一番、ひまりは力強く俺たちに言い放った。

「え、早っ」

奏音が俺の心情を代弁してくれた。

というか、本当に結論出すの早いな!?

まさか、湯船に浸かっている間に決めてしまうとは……。

さっきの悩み具合から察するに、丸一日は悩むかと思っていたのだが。

ひまりは少しばつが悪そうに頬を掻く。

「そもそも、悩む以前の問題でした」

「悩む以前の問題？」

「はい。私は未成年なので、仮に単行本を出すとなると親の許可がいるはずなんです。お金が絡むので……。そもそもこの状況で受けるのは、無理な話でした……」

「そうなのか……確かに無理だな……」

「はい……。だからお断りの返事をしてきます」

濡れた髪のまま俺の部屋に向かうひまり。

そして歩きながらポツリと呟く。

「実は賞の方も、未成年の人は親の許可を貰ってから応募してくださいって書いてたんですよね……」

「え――？」

「でも改めて決心しました。私、帰ったら何が何でも親を説得します。絶対に諦めません」

決意を宣言するひまりの目は、力強さで溢れている。

夢に向かって真っ直ぐで、チャンスの方からやって来るひまりの存在は、俺から見ると

やはり眩しく見えた。

思わず目を逸らしてしまうほどに。

第9話　何でもない一日とＪＫ

土曜日の午前中は、全員が一斉に家事を行う。

奏音は朝ご飯の片付け。俺とひまりは部屋の掃除。

一足早く洗濯を終えたひまりは、今は掃除機をかけている最中だ。

ひまりの存在を気取られないように『掃除機を使うのは土日だけ』というルールは、今も守り続けている。

俺は洗面台周辺の掃除だ。

使用済み歯ブラシを使って綺麗にしていたら、鏡越しにひまりが話しかけてきた。

「駒村さん、これは捨てても良い物ですか？」

ひまりが見せてきたのは、ペットボトル飲料のおまけで付いてきたマグネットだ。

会社の昼飯をコンビニで買った時に付いてきたのだが、ずっとリビングに置きっ放しにしていたな。

「あー……もういらないかな」

「わかりました。じゃあ処分しときますね」

こういう物っておいてしまうのだが、生活の中で活躍することは結局少なかったりする。

うちの中だとマグネットが使えるのは冷蔵庫くらいだが、特に貼る物もないしな。

そもそも俺は、冷蔵庫のドアにメモなどをベタベタ貼るのがあまり好きではない。見た目がごちゃごちゃして美しくないし。

――という話を以前奏音にしたら「そういうところ、かず兄っぽい」と言われてしまった。

その時はサラッと流したのだが、今思えばよくわからん。どういうところが俺っぽいのだろう？

考えながら鏡を水拭きした後、乾拭きする。

ピカピカになった鏡を見ると、やはり気持ちが良い。掃除は面倒だが、綺麗になった瞬間は達成感があるんだよな。

とにかく、洗面台周りの掃除はこんなもんでいいだろう。

一人暮らしを始めて特に実感したのは、あらゆる場所は割とすぐに汚れる、ということに尽きる。

今掃除したばかりの洗面台なんか、特に顕著だ。埃や水垢でこんなにすぐ汚れるなんて知らなかった。

実家で暮らしていた時は気にしたことなどなかったが、あれは母さんが常に綺麗に保ってくれていたんだよな……。

改めて感謝しながらリビングに戻ると、奏音とひまりもそれぞれの家事を終えてソファに座っていた。

「はー暇だー。何しよー……」

奏音は脚を投げ出し、だらりとソファに背を預けながらぼやく。

ひまりも奏音と同じように脚を伸ばしていた。

こうして見ると、やはりひまりの脚は長い。

「宿題はないのか?」

「特にないんだよね」

「じゃあどこかに遊びに行ってくるか?」

「うーん。今日はいいや。暑いし……」

奏音はそこでチラリとひまりを見る。

ひまりの家の関係者が捜しに来ているらしいことは、奏音にも伝えてある。おそらく奏音はそれを考慮したのだろう。

前のように、二人で遊びに行くこともなくなってしまった。

「よし。じゃあ俺がアイスでも買ってきてやろう」

「えっ、アイス!?」

がばりと身を起こす奏音。

やはり食べ物に反応する速度が尋常じゃない。

「あぁ。他に何か欲しい物はあるか？」

「えっと、お菓子ならなんでも。いっぱい欲しい」

「……却下」

「えぇー」

口を尖らせて不満の意を示す奏音だが、素直に聞いていられるか。奏音の言う『いっぱい』の要望に応えたら、こっちが破算してしまうわ。

「ひまりは？」

「私は、期間限定のお菓子だったら何でもいいです」

「なるほど……。見つけたら買っておく。奏音は何でもいいよな？」

「何でもいいですー」

ぷいっと横を向きながら言う奏音。ちょっといじけてしまったらしい。

まぁ、機嫌を取るために奏音が好きそうな物を選んでみるか。

「それじゃあ、ササッと行ってくる」

玄関で靴を履きながら、芳香剤が残り少なくなっていることに気付く。

もうここまでなくなってしまったのか。

そういえば初日に奏音から『玄関がにおう』と言われて以降、特に何も言われていない。

一応効果はあったみたいだ。


暑い中コンビニまで往復して、何とか目的を達成。

のんびりしていたらアイスが溶けるから、できる限り早足で帰宅した。おかげで汗をかいてしまったけど。

玄関を開けたところで異変に気付く。

奏音とひまりの姿が見えないのだ。

その代わり、風呂場からシャワーの音が聞こえてくる。

まさか、今の時間から風呂に入っているのか？

でも洗面所のドアは開けっ放しだ。

サッと冷凍庫にアイスを入れた後、おそるおそる洗面所に近付いていく。

そして中を見ないよう声をかけた。

「買ってきたぞ」

「あ、かず兄おかえり」

奏音の声が反響せずにハッキリと聞こえる。

これはもしかしなくても、風呂場のドアも開けているのでは……。

俺の考えを裏付けるかのように、シャワーの音までよく聞こえてきた。

「おかえりなさいです。今、奏音ちゃんと水浴びをしてるんですよ」

「水浴び……」

野生の鳥じゃあるまいし……。

でも、気持ちよさそうだなとも思ってしまった。

「かず兄も一緒にする？」

「いや、さすがにそれはっ――」

「あははっ、大丈夫だよ。服着たままやってるし」

「ええっ――!?」

衝撃で思わず顔だけ覗き込んでしまった。

そこには奏音の言葉通り、服のまま風呂場に立っている二人の姿が。

今は奏音がひまりの背中に向けてシャワーをかけている。

「駒村さんもどうですか？　気持ち良いですよー」

「い、いや。俺は遠慮しとく」

俺は慌てて洗面所から退散する。

ていうか、二人とも水浴びに夢中で気付いていないのが恐ろしい。

その下が、おもいっきり透けて見えていたことに——。

肌にピタリと張り付いたTシャツ。

脳内の残像をかき消すべく、俺は買ってきたばかりのスポーツドリンクの蓋を開ける。

喉の渇きと動揺が相まって、一気に半分以上飲んでしまった。

こういう不意打ちは、本当に心臓に悪いからやめて欲しい……。

水浴びを堪能した二人は、着替えてから俺が買ってきたアイスを食べて、昼寝に突入してしまった。

俺もその間に軽くシャワーを浴びて汗を流す。

限りなくお湯を抑えたぬるいシャワーを昼に浴びるのは、確かに気持ちが良かった。

体温がほどよく下がったせいか、少し眠くなってしまう。

「昼寝するか……」

スヤスヤと眠る二人の横をすり抜け、俺も自分のベッドに倒れるのだった。


目を開く。

どうして今、自分がベッドにいるのか——一瞬わからなくて混乱するが、そういえば昼寝をしたんだったと思い出した。

ん、何だか部屋の明度が落ちている気が……。

いやちょっと待て、今何時だ？

俺はがばりと身を起こし、すぐに時計を確認する。

「16時20分……嘘だろ？」

想像以上に爆睡してしまったようだ。

この『昼寝から目覚めたら16時を過ぎていた時の手遅れ感』って何なんだろうな。まだ一日は終わっていないのに、一日を無駄にしてしまった気分というか……。

そういえば、奏音とひまりは——？

俺に気を遣って起こさずにいてくれたのだろうか。

そう考えながらリビングに出ると、そこにはまだ布団の上で寝ている二人の姿があった。

思わずフッと乾いた笑いを洩らしてしまった。

昼飯を食わないまま、三人とも爆睡してしまうなんて。

「おい、二人とも起きろ」

肩を軽く揺すると、二人は目を擦りながらゆっくりと起き上がった。

「ふぁ……よく寝た」

「いや、寝過ぎだ。時計を見てみろ」

「え、もうこんな時間ですか⁉」

時計を見て驚くひまりと、「えええ……」と若干引き気味の奏音。

「今から昼飯を食べてもなぁ」

「あ、じゃあおやつ食べよ、おやつ。かず兄何買ってきたの？」

「レモンソルト味のポテトチップスと、梅味のポテトスナックと、コーンバター味のフライドポテトだ」

「芋ばっかりじゃん」

「……言われてみればそうだな」

ひまりのリクエストの『期間限定』に気を取られすぎて、素で気付かなかった……。

「でも、どれも美味しそうです。私、梅味のをいただきます」

「あ、じゃあ私もそれにする」

そんなわけで、少し遅めのおやつタイムに突入したのだった。


「そういえばさぁ、もう少しで夏休みだなぁって」

ポリポリとスナックを齧りつつ奏音が言う。

「私、ぶっちゃけ夏休みの楽しい過ごし方とか知らないんだよね」

「あ、私もです。絵を描くのは好きだけど、それは中学生になってからだったし。小学生の頃はずっと剣道の稽古をやっていたので、どこかに遊びに行ったことがないです……」

「そうなのか……」

楽しい夏休みを過ごしたことがない、か――。

二人の境遇を思うと、居たたまれない気持ちになる。

「仮にどこかに行くとしたら――どこがいい？」

「そうだなぁ。一週間くらいかけて北海道旅行がいいな。美味しい物食べまくり！」

「あ、私は沖縄がいいです。透明な海でシュノーケリングした後は、海辺のホテルで優雅なひととき……。本場のアグー豚も食べてみたいなぁ……」

「あ、確かに豚肉も美味しそうだね。うーんこれは悩む……」

「…………」

どうにか要望を叶えてやりたい——と思ったのだが、いきなり難易度が高すぎる要求がきてしまった。

さすがに——無理だ。

休みは有休を使えば取れるが、主に金銭的理由で。

飛行機代に宿代に食事代に、あと遊ぶにあたって施設代もいるだろうし……それが三人分…………。

軽くシミュレーションしてみたが、出る結論は一つ。

うん、やっぱり無理だ。

貯金専用口座から下ろしてもいいが、それでもかなり減ってしまう。そっちの口座はできる限り、緊急用に回したいのだ。二人には申し訳ないが、遊びで豪快に使うのは俺が落ち着かない。

「俺から質問しておいてなんだが、北海道も沖縄も難しいというか……」

「え、まさか本気にしてたの？」

「さすがに無理だってことくらいわかってますよ。でもこうやって行きたい所ややりたいことを考えるのって、楽しいですね」

そういう言われ方をすると、それはそれでちょっと悔しい……。

その後も二人の叶うことのない願望話は留まることを知らず、最終的にはハワイやグアムの名前まで出てきていたのだった。

掃除をして、アイスを食べて、昼寝をして、雑談をして――。

それだけの一日だったけれど、妙に心が充足しているのは、たっぷり寝たおかげかもしれない。

こういう休日もたまには良いものだな。

まぁ当然のように、夜はなかなか寝付けなかったのだけれど。

第10話　準備とＪＫ

夕食を終えて、全員リビングで一息つく。

「今日は暑かったですねー……」

ソファに腰掛けたひまりが、だるそうに天を仰いだ。

七月に入ってからしばらく経ったので、当たり前だが暑くなってきた。

夜になると多少は気温が下がるが、今日は昼に雨が降った影響もあるのだろうか。じとじととして蒸し暑かった。

梅雨明け宣言はこの間されたばかりだが、ゲリラ豪雨がちょこちょこと発生するので傘の用意は毎日欠かしていない。

「本当。暑いって言ったところで涼しくなるわけじゃないんだけどさー。暑いもんは暑い」

「いや、エアコンを点けていいから」

俺はリモコンを操作して、すかさずエアコンの電源を入れる。

「暑い時は無理せずエアコンを点けろよ」

「でも電気代が――」

やはり奏音が気にしているのは金のことか。

「熱中症で倒れられるよりずっといい」

「それもそうか……」

特にひまりは保険証もないわけだし。

そのタイミングでテレビから流れてきたのは、花火大会のＣＭ。

毎年ここからちょっと離れた川辺で行われる花火大会だ。人混みが苦手なので、俺は大人になってからは行っていないが。

開催日の日付は、約一ヶ月後になっていた。

「…………」

俺を含め、全員がＣＭに見入ったまま無言になってしまう。

正確には、その日付に。

あの花火大会が行われる頃、ひまりはこの家にいない――。

否が応でもこの生活の終わりを意識させられてしまい、一抹の寂しさが胸を過ぎる。

「花火か……」

呟いた瞬間、奏音とひまりが夏休みに行ってみたい所の話を思い出した。

一週間の旅行は無理だけど、これなら――。

「……やってみるか」

「え？」

奏音とひまりが同時に振り返る。

「花火をやるの？　いいじゃん。やろうよ！」

奏音が予想以上に食いついてきた。だが俺はさらに続ける。

「ついでだし、その辺の川じゃなくて別の場所に行こう」

「別の場所、ですか？」

ひまりの問いに、俺は思わず含みのある笑みを返してしまった。

我ながら大人げない。でも、大きなワクワク感が急激にやってきたのだから仕方がない。

「あぁ。キャンプに行くぞ。夏休みの思い出作りだ」

俺の提案に、奏音とひまりは一瞬互いに顔を見合わせた後、テンション高めに歓声を上げたのだった。

自分から言っておきながら何だが、今まで俺はキャンプをしたことがない。

いや、一応あるにはあるのだが、あれは小学生の時の課外授業だったし。既に記憶も曖昧だ。

だから大人になってから自主的に経験したことは、一度もないというわけだ。

道具を揃えるのが大変そうだな……と考えていたが、調べている内に施設内のコテージが利用できるキャンプ場の存在を知ったので、泊まるのはテントではなくコテージで――ということになった。

女子高生二人的には、夜に虫と遭遇する確率を減らしたかったらしい。まぁ、シャワーやトイレの設備が整っていることも考えると、その方が無難か。

俺としては寝袋でテントの中で寝る――というのにちょっと憧れもあったのだけど。でもよくよく考えたら、狭いテントの中で女子高生二人と一緒に寝るというのは、傍目から見たらかなりヤバいということに気付いた。

そもそもどう考えても俺が寝付けない――という答えに辿り着いたので、これで良かったと思う。

ひとまず一泊二日、コテージの予約は完了だ。

『予約を受け付けました』という簡素な文字だけの受付報告に小さな達成感を抱いた俺は、しばらくその画面を眺めていた。

その翌日、川で遊ぶための水着を例のショッピングモールまで購入しに行くことになった。

二人と出かける時、すっかりここがお馴染みの場所になってしまった気がする。数ヶ月前の俺からすると考えられないな。

今回は二人それぞれにあらかじめ水着代を渡しておいた。

女子高生の水着選びを、間近で見るのはどうかと思ったからだ。

「終わったら連絡をくれ。俺、適当にうろついてるから」

「本当に一緒に来なくていいの？　水着を試着したひまりを見られるチャンスなのに？」

「なっ⁉　何言ってんの奏音ちゃん！」

顔を真っ赤にして奏音の腕にしがみつくひまり。奏音の口の端はニマリと上を向いている。完全にからかいモードだ。

「そういう奏音ちゃんこそ、駒村さんに水着を見せるチャンスですよ！　本当は見せたいと思ってるんでしょ？」

「んなぁっ⁉　そ、そんなこと思ってないって！」

「本当ですか～？　だって奏音ちゃんの健康的で良い体ですよ？　出るとこ出てる柔らかそうな体ですよ？」

「その目付きはやめて？」

恨めしそうなジト目になるひまりと、ツッコむ奏音。俺はどういう反応をすれば良いのかわからず、ただ首筋を掻くのみ。

二人のこういうやり取りもそろそろ慣れてきたが、だからといって恥ずかしくないわけじゃない。

「はいはい、そこでやめやめ。そろそろ俺は行くぞ」

「駒村さんは水着を買わないんですか？」

「買うけどすぐ終わるだろうし。お前らと違って、そんなに悩むほどのものじゃないから」

「そうですか」

どこの水着コーナーも、女性用の華やかさと比べると男性用は実に地味だ。

まぁ、そもそも布面積が少ないからな。色の種類も女性用より少ないし。

「それじゃあ買ってくるね」

「おう。いってらっしゃい」

「駒村さん、また後で！」

二人は手を振りながら離れていく。

俺は二人とは反対方向に歩き出し——。

結論から言うと、やっぱり二人の買い物は長かった。

水着を購入した後、通路のベンチに座って缶コーヒーを飲む。

通り行く家族連れや若者たちは、皆楽しそうに笑っていた。とはいえ俺にも連れがいるので、彼らをやっかむことなく穏やかな心で見ることができる。

そんな折、若い女性グループが持っていたある物に目を惹かれる。

映画館の名前のロゴがプリントされた袋だ。おそらく映画を観た後、グッズでも買ったのだろう。

映画か……。

否が応でも、ひまりと一緒に観たことを思い出してしまう。

あの時のひまりは実に嬉しそうだった。

人に『初めての体験』をさせて喜んでもらえると、こっちとしても嬉しくなるものだな。

『まるで、本当のデートみたいで……』

「…………」

不意に脳裏に過ぎる、あの時のひまりの顔と表情。

なぜか顔の温度が上昇する。

俺のことなど誰も気にしていないというのはわかっているのに、つい周囲をキョロキョロと見渡してしまった。

いかん、何か最近落ち着かない。

二人が俺に対して抱いている感情には、冷静であるべきなのに。

やっぱり友梨のことがきっかけ……になっているのだろうな……。

「はー…………」

ベンチに座ったまま天を仰ぐ。

やけに高い天井だなと、当たり前のことを思いながら時間が過ぎるのを待った。

奏音から連絡が来て二人と合流するまで、それから三十分は経過した。

もう少しウロウロしていても良かったかもしれないと思ったけど、人混みで疲れるだろうしなぁ……と考えて億劫になってしまったので、結果ただボーッとして過ごすことになってしまった。

俺と似たような感じの中年男性が近くにいたので、ちょっと親近感を抱いた。

世の中の『買い物に付き合わされるお父さん』の気持ちが理解できた気がする。

二人がどういう水着を購入したのかは見ていない。

お釣りとレシートを渡された時に「それは現地でのお楽しみ」と奏音に言われてしまったのだ。

別に俺は楽しみにしているわけじゃないけど、ちょっとばかり気になってしまうのも事実だった。別に楽しみにはしてないけど。

それよりも既にシーズンに入っていたからか、セールをやっていて水着が安くなっていたのは助かった。

女性用の水着は高いというイメージしかなかったので、レシートの金額を見て良い意味で驚いてしまった。

「楽しみだねー」

「うん！」

二人は帰る間も上機嫌だった。

思いつきで提案したことだったけど、そこまで楽しみにされると俺としても嬉しくなってしまう。

だからこの計画が潰れないように、どうか当日の天候に恵まれますようにと、俺は切に願うのだった。

「そうだ、奏音。キャンプに行く前に少しでも宿題を終わらせとけよ」

俺が奏音にそう声をかけたのは、奏音の夏休みが始まった直後だった。

「うぇっ⁉」

ひまりと一緒にバニラ味の棒アイスを食べていた奏音は、露骨に嫌な顔を作る。

「うぅ……やっぱやらなきゃダメ……？」

「当たり前だろ……。先に終わらせた方が後で余裕もできるし、ラクだぞ？」

そもそも奏音は高2なのだから、進路によってはがっつり勉強しておかないとマズいのでは——。

そこまで考えて、奏音の進路についてまだ何も聞いていないことに気付いた。

とはいえ、俺がそこまで介入していいのだろうか。

進路志望の調査も既にあったはずだ。奏音から何も言ってこないのは、彼女なりに考えがあってのことだろうけど——。

『卒業してもかず兄のためにご飯作るよ……？』

不意にあの時の奏音の姿が脳内に蘇り、俺は慌ててその残像をかき消した。

奏音にクリームパスタの作り方を教えて貰ってから、どうも変に意識してしまう……。

「無理ぃ……。私計画通りに進めるの超苦手だから、夏休みの宿題は毎年終わり頃に駆け込みでやってたんだよ……」

「今から弱音を吐くな。今年は俺とひまりがちゃんと監視してやるから」

「ファイトです、奏音ちゃん」

「うあぁぁ……」

奏音は呻き声を上げながら机に伸びてしまった。

そんなに嫌か。

確かに楽しいものではないけどさ……。

「ひまりは夏休みの宿題は早く終わらせるタイプ？」

「私は……できる限り早めに終わらせてたよ。その分、後でいっぱい絵を描く時間が取れるから」

「そうかー……」

「今年は、どうなるかわからないけど」

自嘲気味に笑うひまりに、俺と奏音は何も返すことができなかった。

ひまりの高校での扱いはどうなっているのだろうか。

そもそもひまりは、高校を卒業するつもりがあるのだろうか——と疑問が浮かぶ。

少なくとも高校は卒業していた方が、今後の人生の選択肢を少しでも広げることができると思うのだが。

って、彼女をここに住まわせてしまっている俺が考えることではないかもしれないけれど。

※　※　※

暗くなった部屋の中。

布団の中に入っても、ひまりは寝付けずにいた。

忘れていた──いや、あえて考えないようにしていたことを、昼間の奏音との会話で思い出してしまったからだ。

「学校………」

ポツリと、口の中だけで呟く。

両親は学校にどう説明しているのだろうか。

一番可能性が高いのは休学だろうが、退学の扱いになっているのなら、それはそれで仕方がないなとも思う。

特に親しい友人はいなかったし、部活にも入っていなかったので、学校に対してはあまり未練もない。

家と学校の往復を繰り返す日々は、ひまりにとってあまり意味を見出せないものでもあった。

とはいえ、社会が『最低でも高卒』を求めていることは理解している。でもそれを考えると、何かに圧迫されたように、胸が苦しくなってしまう。

ひまりは幼少の頃から、ずっと剣道をやってきた。それを疑問に思ったこともなかった。

放課後や休日、同級生と遊ぶことは禁止されていた。あの家に生まれたから、それが当たり前のことだと思っていた。

初めて疑問を抱いたのは、中学生になってから。

自分は見えない牢獄に捕らわれているのと同じではないか？　と。

両親がある日突然パソコンを買ってくれたのは、もしかしたらそのあたりのことに自覚があったのかもしれない。

そのパソコンを通じて、ひまりは大きな夢を抱くことになってしまったのだけど。

夢——いや、今は目標だ。

『なりたい』ではなく、『なってみせる』。

ひまりが今胸に抱く思いは、夢という、ちょっと優しくてふんわりした括り(くく)とは違うものだということに気付いた。

目標――。

それは剣道をやっていた時、嫌というほど意識したことでもある。

『――』

不意に女性の顔がひまりの脳裏に浮かび、ひまりの名前を呼ぶ。

この間一瞬(いっしゅん)だけ見かけた、ひまりを捜(さが)しに来たと思われる彼女。

まさか、彼女がこんな所まで来るなんて思ってもいなかった。それだけ心配させてしまっているということだろう。

「……黙(だま)って出てきてごめんね、美実(みみ)さん……」

ひまりの頬(ほお)を、一筋の涙(なみだ)が伝って流れていった。

※　※　※

第11話　川とＪＫ

天気は快晴。一週間は雨の予報もなし。

心配していた天候は問題なさそうで、ひまず胸を撫で下ろす。

いつもよりちょっと早めに目覚めた俺たちは、朝食を食べてからすぐに家を出る支度をした。

「二人とも、忘れ物はないか？」

「大丈夫。昨日の夜に何度も確認したから」

「私も大丈夫ですっ」

玄関前で改めて二人に確認を取った瞬間、思い出す。

俺が肝心の物をリュックに入れ忘れていることに。

「やべ、花火入れるの忘れてた……」

「もう、何やってんのかず兄〜。そもそも今日の一番の目的はそれでしょ？」

「いや、すまん」

俺は慌ててリビングに戻る。

忘れてはいけないと思って真っ先にコンビニで購入したのはいいが、ずっとベッドの横に置いたままにしていたのだ。

こんなありがちなミスをやってしまうとは……。

「駒村さんも浮かれてたんですね」

とひまりに言われた俺は、何も言い返せなかったのだった。

朝から電車に揺られること数時間。

バスに乗り継ぎ、ようやくキャンプ場に到着した。

「うー……疲れたー……」

「ですね……」

長時間の移動が体にきたらしく、ぐったりする二人。

確かに俺もちょっと疲れていたが、バスを降りた瞬間元気を取り戻していた。

「まだ何もしてないだろ。大きく息を吸ってみろ。空気が違うぞ」

素直に俺の言うことに従い、二人は大きく深呼吸をする。

「確かに山の空気って何か違うね。落ち着くかも」

「あ、奏音ちゃん見て。テントだよ！」

「おぉ～。何か本格的」

　川辺に張られた複数のテントを発見し、興奮する二人。

　直前までぐったりしていたのが嘘のように、好奇心いっぱいな視線をテントに送っている。

「置いて行くぞ」

　歩き始めても付いてこない二人に向けて言うと、慌てて追いかけてきた。

　受付で手続きを済ませてから、まずはコテージに荷物を置きに行く。

　道は砂利になっており、歩く度にザリザリと音が鳴った。最近はこういう道を歩くことが少ないよなと、ふとそんなことを思った。

　コテージに着くと、また二人のテンションが上がった。

　中はそれなりの広さで、二段ベッドが両端に置いてある。事前にネットで見たシャワーとトイレはもちろん、テレビとキッチンも備え付けられていた。

「凄い、二段ベッドだ！　ひまりは上で寝る？　それとも下？」

「私は下がいいかな」

「じゃあ私は上！」

『子供か』と思わず言いたくなってしまう会話だったが、子供だった。

「ベッドではしゃぐのは後だ。先にバーベキューをするぞ」

「バーベキュー⁉」

途端に目が輝く奏音。

「あぁ。食材を予約しているんだよ。ちなみに夜はカレーな」

「良いですね！」

「マジでテンション上がる」

ちなみに鉄板や鍋などの調理器具類は、一式レンタルした。

結構な金額になってしまったが、その分荷物を用意しなくて済んだので良しとする。まだ貯金を切り崩さなくてすみそうだ。

俺は車を持っていないから、大荷物を持って移動できないんだよな。

レジャー用の大きな車から道具を下ろす家族連れを見て少し羨ましくなったけど、毎年来るわけではないし。

俺たちみたいな一見さんでも、気軽に泊まることができるシステムがあるのはありがたい。

「てわけで、食材と道具を今から取りに行ってからバーベキュー。その後は川遊びだ」

「了解です！」

「アイアイサー！」

二人は威勢良く返事をしてから、なぜか敬礼する。

こういうノリがやっぱり女子高生だよなぁと、思わず微笑してしまうのだった。

バーベキュー用の小屋では、既に多くの人が肉や野菜を焼き、それぞれに楽しんでいた。

俺たちも空いている場所を取り、早速用意を始める。

「私、バーベキューするの初めてなんだよね。楽しみー」

「私は中学校の時の、宿泊研修でやった時以来かなぁ」

「え、そんなんあったんだ。いいなー」

「でもほとんど覚えてないです……。確か、その時に仲が良かった子と別の班になってしまったんですよね。後は男子がどんどん勝手に進めちゃって」

「あー……。それはちょっとツライやつ」

二人の会話に耳を傾けつつ、俺は炭に火を点ける。

多少苦戦してしまったが、何とか成功したらしく次第に煙が出てきた。よし、事前にネットで調べていて良かった。

炭が焼ける、独特の匂いは嫌いじゃない。

「そろそろ肉を焼いていこうか」

「待ってました！」

とまるで犬のように網の前に飛んで来たのは、当然奏音。

その瞬間、俺はあることを思う。

もう一人前、多く頼んでおけば良かったと……。

ひとまず奏音には、通常の量で我慢してもらおう。

奏音は次々と網の上に肉と野菜を置いていく。

いつの間にやらトングを持ち、頃合いを見て裏返したり——と網の上を仕切っていた。

「はい、焼けたよひまり」

「ありがとう」

「かず兄もどうぞ」

俺とひまりの皿に、次々と焼けたものを置いていく奏音。

これは焼き肉奉行ならぬ、バーベキューマスターといったところだろうか。

「奏音も焼いてばかりでないで食えよ」

「そろそろ食べるよ。いやぁ、こうなると家から食材を持ってくれば良かったなーって思うよ。一回炭で焼いてみたいものがあったのを思い出した」

「炭で焼いてみたいもの？」

「うん、ブロッコリー。1年の時だったかな？　クラスメイトの子が、バーベキューで焼いて美味しかったって言ったのを聞いたんだよ」

「へー」

確かにブロッコリーは、俺も『焼く』という発想になったことがなかった。

「新たな扉が開いたかもしれないのになぁ」

「今度家で焼いてみますか？」

「お。みんなで挑戦してみる？」

「俺もちょっと興味あるな」

「じゃあ覚えてたらやってみよう」

それにしても、バーベキューをやっている時に思い出すことがブロッコリーって……。

ひまりの感性は俺からするとちょっとズレていると思うことが多々あったが、奏音も料理のことに関しては大概だな……と思ったのだった。

肉も野菜も綺麗に平らげ、片付けも無事に終えた。

外でも奏音の食べっぷりは絶好調だった。実に美味しそうに食べるものだから、見ているこっちまで笑顔になってしまう。

とにかく三人でやる初めてのバーベキューは、成功のまま終了したと言っていいだろう。

コテージに一度戻り、次の目的である川遊びのために水着に着替える。

二人ともやけにモジモジとしながら俺の前に出てきたので、こっちまでつられて恥ずかしくなってしまった。

くそ、意識しないようにと決めていたのに——。

夏服の露出とは違い、水着だと脚の露出が多いのが直視できない一因だ。

普段見えていない部分が見えていると、やましい気持ちはなくても心拍数が上がってしまうのは俺だけなのだろうか。

しかし、二人ともビキニタイプの水着か……。

フリルやリボンが付いていたりいなかったりとデザインが違うので、同じビキニタイプでもまったく別の物に見える。

胸囲の格差もあるだろうが、それについてはノーコメントで。

「よし。川に行くか」

「いや、私らの水着については何もなし⁉」

奏音にツッコまれてしまった。

あえて触れないようにしたのだが、逆に不自然だったか……。

「二人ともよく似合ってる」

何とか平静を装いながら言えた。視線はすぐに逸らしたけれど。

「あっ……ありがとうございます。えへへ……良かったね奏音ちゃん」

照れながら奏音の腕に抱きつくひまり。

自分から振ってきたくせに、奏音は「あ、ありがと……」と小声になってしまった。

照れるのがわかっていたなら、あえて振らないでほしかった。俺も何か恥ずかしいから。

気を取り直して、俺は荷物を背負う。

今日持ってきた荷物の内の大半は、この川遊び用の物だった。

タオルはもちろんのこと、浮き輪にサンダル、水中眼鏡。あとはバケツだ。

バケツは花火用に持ってきたのだが、ついでだし川魚がいたら狙ってみるのもいいかもしれない。

「あ、ちょっと待って」

いざ行かんとしたところで、奏音から待ったがかかった。

「どうした。忘れ物か？」

「忘れ物というか……日焼け止め塗ってなかった」

確かに今の時期、太陽の下で遊ぶからには必須だろう。

特に女子高生ともなれば日焼けは天敵だ。

奏音は荷物をガサゴソと漁り、「あった」と日焼け止めを取り出した。

「ひまり、背中向けて。塗ってあげる」

「ふぇ？　ひゃっ⁉」

言ってから初動までがとても短い。

奏音は既にひまりの背中に手を付けていた。

「あぅ⁉　こ、腰は……！　奏音ちゃんくすぐったいよ！」

身を捩らせて笑うひまり。

「あーもう、動かないでって」

奏音は文句を言いつつ、どんどんペタペタと塗りたくる。

女子高生が女子高生の体を触りまくる光景を目の前で見せられている俺は、どういう顔をするのが正解なのかわからなかった。

何だろうこの、ちょっと嬉しいような羨ましいような、それでいて罪悪感もある感じの微妙な気持ちは。

「ありがとう。じゃあ今度は私が奏音ちゃんの背中を塗るね」

「うん、お願いね」

「それとも駒村さんに頼む？」

「「なっ――⁉」」

思わずハモってしまう俺と奏音。

「いや、そっ、それは――」

「あはは、冗談ですって。駒村さん顔が赤いですよ」

「からかうなよ！」

ひまりは笑いながら奏音の背中に日焼け止めを塗っていく。

くそ、いらん汗をかいてしまった。

奏音が熱が出た時、俺に背中を拭いてくれ――と頼んできた姿を反射的に思い出してしまったじゃないか。

おそらく奏音もあの時のことを思い出したのだろう。顔が赤い。

それには気付かず、ひまりは奏音に日焼け止めを塗っていく。

「ちょっ、ひまり⁉ 前は自分でやるから！」

「えー、嫌です。奏音ちゃんの柔らかい体を触れる、またとないチャンスなのに！」

「な、何言って——ひゃん⁉」

「へへへ……良い体してますねぇお嬢さん」

「セクハラ親父じゃん⁉」

…………。

目のやり場に困ることを、堂々としないでほしい。

二人と生活をしてきて慣れてきた部分もあるのだが、やはりこういう直接的なものは困惑してしまうわけで。

ひとまず横を向いて、二人のじゃれ合いタイムが終わるのを待つ。

——が。

「うおおっ⁉」

いきなり背中にひんやりとしたものが当てられ、思わず声を出してしまった。

「あははっ！　かず兄ビックリした？」

「今度は私たちが駒村さんの背中を塗ってあげますね」

「えっ——」

返事をする間もなく、ちょっと冷たい二人の手が俺の背中にペタペタと当てられる。

「かず兄、背中大きいよね」

「ですね。あ、私は左側塗ります」

日焼け止めのサラッとした感触と、二人の柔らかい指の感触が背中からダイレクトに伝わってきて――。

さらに二の腕、腰も二人の手が滑っていく。

やばい……これは、なんか、やばいぞ……。

過去一番焦りを覚えた俺は、とにかく頭の中で数字をかぞえることにした。

「よし、終わり！　前はまぁ、さすがに自分でやって」

数字のカウントが55までいったところで二人の手が離れる。

この一分弱の間の記憶は、俺の中から消えていたのだった。


コテージから歩くこと約三分。

大きめの石がゴロゴロ転がっている川辺に荷物を置き、俺たちは早速川に入る準備をする。

川といっても上流なせいか流れは非常に緩やかで、まるで湖のようだ。

ひとまずサンダルを履いたまま足首まで浸かってみたのだが――。

「冷たっ⁉」

想像以上に水がひんやりとしていて驚いてしまった。

とはいえ、今は夏の昼間。

慣れてしまえば最初の冷たさが嘘のように、ちょうど良い体感になる。

「わっ、本当だ。冷たい！」

「ひゃー！」

奏音とひまりも悲鳴を上げながら入ってきた。

どちらからともなく、水のかけ合いが始まった。

最初は控えめだったのだが、次第に挙動も歓声も大きくなる。

「えいっ」

見ていたら俺もひまりにかけられてしまった。

上半身にかけられた水は冷たく、反射的に身を竦めてしまう。

「やったな……。おりゃっ！」

そこからは三人が大混戦。

前から横から後ろから、頭にも容赦なく水をかけられ、眼鏡にはいくつもの水滴が付く。

ただ水をかけ合っているだけなのに、どうしてこんなにも笑ってしまうのだろうか。

「かず兄。魚捕(と)ってよ魚～。何かその辺を普通(ふつう)に泳いでるっぽいよ」

前髪(まえがみ)からポタポタと雫(しずく)を垂らしながら奏音が言う。

「今日の晩ご飯ですね！　期待してます！」

「無茶言うな⁉」

茶化されながらも、自分の周辺に目を凝(こ)らす。

先ほどから素手で魚を追う親子連れの姿を横目で見ていたので、魚がいるらしいことは認識していた。

川の嵩(かさ)が太腿(ふともも)の半分くらいになる位置まで移動し、周囲に目を凝らす。

そう時間を置かず、チラッと灰色の影(かげ)が俺の横を通過した。

「あ、いた」

しばし立ったまま機会を窺(うかが)い――。

今だ……！

上から素早く手を伸(の)ばす。

指先に魚の表面が触れた。

これはいけるか⁉

だが小説や漫画(まんが)で『いけるか⁉』と考えた時は、大抵(たいてい)いけないフラグである場合なわけで――。

現実でもその法則性を証明するかのごとく、アッサリと魚に逃げられてしまった。

これ、自分で体験するとすげー悔しいな……。

それにしても、魚の表面がちょっとぬるっとしていてビックリした。

「逃げられた」

「えー。ダメじゃん」

「だったら奏音が捕まえてみろよ」

「おーし。やってやろーじゃん」

俺の挑発に乗ってきた奏音。「私も挑戦してみます」とひまりまで乗ってきた。

少し間隔を空けて川に立つ俺たち。

最初に反応したのは奏音だった。

「いた！」

声と同時に奏音の手が水中に伸びる。

「うあー！　逃げられた！」

しかしすぐに悔しそうに声を上げた。

俺の目の前にもまた魚の影。

今度こそは――と慎重に魚の動きを目で追っていたが、そのまま離れてどこかに行ってしまった。

むぅ、二回目は手すら伸ばせなかったか。しかし人間がいても平気で寄ってくる魚みたいだし、また待てばチャンスはあるはず――。

「捕まえました」

「「えっ」」

俺と奏音は同時に振り返っていた。

ひまりの手の中には、金魚ほど小さくて銀色の魚が収まっていた。

「本当に捕まえた⁉　ひまりすごっ！」

「よく捕まえられたな」

「えへへ。これで魚捕りのスキルレベルがアップですね」

「くそっ。俺より先にレベルが上がるなんて」

めちゃくちゃ大人げないが、正直に言うとちょっと悔しい。

「よくわかんないけど、肉焼きレベルなら私もうマックスまで上がってるから。その魚も焼く？」

「焼いてもほとんど骨の食感しかなさそうだけどな、その魚」

「二人とも食べる気ですか⁉　逃がしますから！」

とひまりは捕った魚をリリース。

「いや、本気で食べるつもりはないから」

慌てふためくひまりを前に、俺と奏音は苦笑するのだった。

それにしても、大人になってからここまで童心に返って遊んだのは、初めてかもしれない。

二人が俺の家に来たからこそ、体験できたことだよな。

それはこのキャンプに限らず、これまでにもたくさんあって。

だけどこの三人でこの場所に訪れることは、きっともうないだろう——。

俺は水滴が付いた眼鏡のレンズをタオルで拭くため、一度岸に戻る。

今この瞬間の景色を、脳内に強く焼き付けるために。

第12話　花火とＪＫ

夕方になる前にそれぞれシャワーを浴びて、次は夕食のカレー作りに取りかかった。

今度は外の共同施設ではなく、コテージ内のキッチンを利用した。

もちろん、俺とひまりも今日は作業に加わった。

奏音がいつも作ってくれるカレーとはちょっと違う、これといった特色がない平凡な味だった。でも強い懐かしさを抱いてしまったのは、小学生の時の課外授業を思い出したからかもしれない。


カレーを食べ終えた後は、いよいよ花火だ。

時間は19時より前だが、あまり遅い時間になると他の人に迷惑だろうしな。

ここは家にいる時の夜と違うから、就寝時間も早いだろうし。

コンビニで買った花火セットとローソクとバケツ、あとゴミ袋を持って川辺まで行く。

川辺に張られた複数のテントが、ランプの光のようにぼんやりと輝いていた。テントの前では、ランプの光の下で炊飯を楽しんでいる人もいる。

少し離れた場所では、俺たちと同じように花火をしている人たちもいた。風に乗って火薬の匂いが漂ってくる。

俺はバケツで川の水を掬ってから、適当な場所で立ち止まる。奏音とひまりも俺の後に付いてきた。

「よし、この辺でいいか」

バケツを置いてから、ローソクとライターを取り出す。

「かず兄。ローソクの数多くない？」

「箱でしか売ってないんだから、仕方ないだろ」

でも確かに、余ったら何に使おう……。うちには仏壇なんてないし。

あ、停電した時のために取っておこうか。

そんなことを考えながらライターをローソクに近付けると、間もなく火がゆらゆらと揺らめき始める。

奏音とひまりは、花火を三等分に取り分けていた。

「駒村さんの分はここに置いておきますね」

「おう」

さて、どの花火からやろうか。

ここは一番長くて太いやつにするか？

奏音は既に自分の分の花火を持ち、早速ローソクの火にかざしていた。

瞬間——。

しゅごうっ！　と勢いの良い音を響かせ、緑色の光が真っ直ぐに伸びる。

「うわぁっ!?　びっくりしたあっ!?」

驚く奏音と、なぜかケタケタと笑い始めるひまり。

まぁ驚きすぎると、意味もなく笑ってしまう気持ちはわかる。

続けてひまりが花火に火を点ける。今度はオレンジ色ベースの光が、弾けるようにバチバチと鳴った。

「熱っ！　火花がこっちにきて地味に熱いですこれ！　助けて!?」

へっぴり腰になりながら、腕だけを突き出して訴えるひまり。今度は奏音がそれを見て笑い出した。

「火傷に気をつけろよ」

と言いつつ俺が手にしたのは、一つしかないネズミ花火。

火を点けて地面に置き、俺は急いでその場から離れる。

ネズミ花火は勢い良く回転しながら、なぜか奏音のいる方に向かった。

「何でこっちに来んのー!?」

悲鳴を上げながら逃げ回る奏音。それを見てまたひまりが笑う。

パン！　とネズミ花火が弾けると、二人は壊れたおもちゃのように笑い出した。

いや、笑いすぎだろ……。

そう思う俺の頬の筋肉も、勝手に上がってしまっていたのだけれど。

笑顔って伝染するよな——と、二人と暮らし始めてから今一番強く感じていた。

花火は順調になくなっていった。

使用済みの花火が、どんどんバケツの中に溜まっていく。

白い煙が霧のように俺たちを包み、この周囲だけ現実から隔離されたような、ちょっと不思議な雰囲気が漂っていた。

先に花火をやっていた人たちは帰ったらしい。

少し静かになった川辺は、空気がひんやりとしていた。

残りの花火はあと少し。

もう少し買ってくれば良かったかなという考えと、物足りないくらいがちょうど良いという考えが同時に浮かぶ。

「やっぱ締めは線香花火だよね」

「わかります」

先ほどまで走り回っていた二人は、今はしゃがんで線香花火を見つめていた。

控えめな音、控えめな光、そしてポトリと落ちるラスト。

言葉にするとたったそれだけの花火なのに、なぜこんなにも儚さを感じてしまうのだろう。

俺たちはパチパチと爆ぜる線香花火を無言で見つめる。

ただ静かな時間だった。

誰も、何も喋る気配はない。

俺たち三人とも、雰囲気に酔っていたのかもしれない。

やがて奏音とひまりと俺が持っていた最後の線香花火が、次々と燃え尽きていく。

刹那、少し強めの風が吹き、とても良いタイミングでローソクの火が消えた。

あまりにもできすぎていて、映画の一場面みたいだなと、咄嗟に思ってしまった。

「終わっちゃったね」

「うん……楽しかった」

「私も。あんなに笑ったのは久しぶりだった」

俺はロークとバケツを回収する。

バケツいっぱいになった花火の残骸はただのゴミでしかないが、ついさっきまでこれで楽しんでいたんだよな——と考えると、ちょっと寂しくなった。


川辺からコテージに戻る途中で、突然奏音が立ち止まる。

「すごい……星がいっぱいだ」

つられて俺とひまりも空を見上げると、見たことがないほど多くの星が空にあった。

「わぁ…………」

「すごいな……」

思わず感嘆の息を洩らしてしまった。

家から見えるのは一等級の星だけだもんな。

だが今ここから見えるのは、数えるのも馬鹿らしくなってしまうくらいの星たちだった。

「あれってもしかして、天の川か？」

空の一帯がほんのりと赤っぽくなっている。

その真ん中を走る黒い部分は、まるで川のように緩やかにうねりながら続いていた。

「教科書以外で初めて見ました……」

「私も。当たり前だけどさ、天の川って別に七夕だけに見えるもんじゃないんだね」

「そりゃそうだろ」

大自然を前にしてもマイペースな奏音に、思わず苦笑してしまう。

七夕か。

以前短冊に書かなかった願いが、ふと胸を過ぎっていく。

それはどんなに願っても、叶うことなどない願い。

俺たちはしばらくの間、空を眺め続ける。

「私さ……かず兄もひまりのことも、大切だよ」

視線を空に固定したまま、突然奏音がポツリと呟いた。

「え――？」

「本当はね、このままずっと一緒にいたい。三人で暮らしていきたい。絶対に無理だって
わかってるけど、それでも――」

奏音の言葉はそこで途切れる。

言っているうちに、胸がいっぱいになってしまったのだろう。終わりの方は少し涙声だった。

「私も……。駒村さんと奏音ちゃんは、私にとって大切な人です。本当は……離れたくな

いです。帰りたくない……」

次いで吐かれたひまりの言葉に、俺は思わず彼女の顔を見てしまっていた。

この前、両親を説得すると宣言していた力強さはそこにはない。

不安に駆られる俺を気遣ったかのように、「でも——」とひまりは続ける。

「このまま帰らないでいると、きっと私はこの先もずっと、家に帰ることができないと思うから……。だから、帰ります」

「ひまり……」

「私、あの時電車に乗って良かった。駒村さんと会って良かった。奏音ちゃんと会えて良かった。……本当に、心からそう思っています。居候させてもらったうえに、こんなに色々と楽しい体験までさせてもらって——感謝しきれないです……」

そこまで言うと、ひまりは洟を啜った。

「何で泣いてんの？　別に今日お別れするわけじゃないのにさ」

そういう奏音の声も、涙のせいかちょっと震えていた。

「……奏音ちゃんだって」

二人は同時に洟を啜ると、照れを隠すかのように笑い始める。

「かず兄は泣いてないの？」

「泣いてない」

　確かにちょっと——いや、かなり胸にくるものはあったけど。

　今はまだ、その時ではない。

「本当？　実は暗いから誤魔化してるだけでしょ」

「本当に泣いとらんわ。俺は『泣ける』という謳い文句の映画でも、一度も泣いたことがない人間だぞ」

「それは別に自慢するようなことじゃなくない……？」

　ちょっと引かれてしまった。

　でも確かに、奏音の言う通りな気がする……。

「んー……。でも駒村さんは、健気な動物ものの映画なら泣きそうなイメージです」

「あ、わかる。何かそんな感じ」

「…………」

　下手に反応するとからかわれそうだったので、何も言えなかった。

　そういう映画は観たことがないので、自分がどういう反応をするのか想像できなかったのもある。

　というか、こいつらの中で俺はどういうイメージになっているんだ……？

その疑問はさておき、止まっていた俺たちの足は、再びコテージに向けて動き出したのだった。


コテージに戻り、片付けをしてからすぐに就寝準備に入る。

普段ならまだ余裕で起きている時間だが、今日は濃い一日を過ごしたせいか既に眠気がやってきていた。


「駒村さん、奏音ちゃん」

電気を消して間もなく。

暗闇の中、ひまりが俺たちの名を呼んだ。

「ん、どしたの？」

「私、本当の名前は白虎院桜花っていいます」

「…………………え？」

それは、あまりにも唐突なカミングアウトだった。

暗闇の中、沈黙が数秒広がり――。

「な、なんでいきなり？」

尋ねる奏音の声はひっくり返っていた。

俺も同じくらい驚いたので、気持ちはよくわかる。

今まで尋ねても、頑なに本名を名乗ろうとしなかったのに――。

「なんでかって言われると、なんとなく……です。さっき星を見ていたら、そろそろ言わなくちゃいけないかなぁって思ったので」

「そうか……」

別れの時が着実に近付いているのを、先ほどよりも強く実感してしまった。

「えと、ごめん。名前もう一回言ってくれる？」

「白虎院桜花、です」

「何というか、凄く格好良い苗字だな……」

俺が今までの人生で出会ってきた人の中で、トップを争うほど格好良いかもしれない。

中二心を刺激されるというか……。

もし俺が『白虎院』という苗字だったら、ゲームの名前を本名で登録していた自信がある。

「はい……。とても目立つ苗字であることは自覚しています。だから本名を名乗るの嫌だったんですよ。ネットで検索したら、すぐにうちの道場が出てきちゃうし……」

「なるほど……」

珍しい苗字ゆえに、簡単に身バレしてしまうから今まで偽名を使っていたというわけか。

「おうか——か。ねぇ、漢字はどういう字？」

「『桜』に『花』です」

「そっか……。可愛い名前だね」

「ありがとう……」

再度訪れる静寂。

今、ベッドの中でそれぞれがどんな表情を浮かべているのか、この暗闇では窺うことなどできない。

誰か体勢を変えたのか、ベッドのシーツが擦れる音だけが聞こえる。

「でも、二人には今まで通り『ひまり』って呼んでほしいです。ここでの私の名前はずっと『ひまり』だったから……。どうか出て行く時まで『ひまり』でいさせてください」

「わかった。ていうか、私としてはその方が助かるかも……。本名とはいえ、いきなり『ひまり』以外の名前で呼ぶのは慣れないだろうし」

「私も、駒村さんと奏音ちゃんには本名で呼ばれても反応できないかもです」

二人はフフッと小さく笑い合う。

「ところでその『ひまり』という名前は、どこから持ってきたんだ？　何となく？」

「いえ。私が憧れている同人作家さんが描いた、漫画に出てくるキャラの名前です」

「そうだったのか」

適当に名乗ったわけではなかったんだな。

「かなり荒廃した世界なんですけど、そのキャラはどこまでも明るくて真っ直ぐで強くて、私にないものをたくさん持っていて――。あとがきによると由来は向日葵だそうです。『なるほど、まさに！』って思いましたね。私の名前も花なので、さらに親近感を抱いたんですよ」

「へー……」

饒舌に語るひまりの声は弾んでいた。

その後もひまりは、いかにそのキャラが健気で強いのか、世界観やストーリーも素晴らしいのかを、熱量たっぷりに語り続けた。

このキャンプの締めがまさかオタクのキャラ愛語りで終わるなんて、まったく想像もしていなかったわ……。

でも、実にひまりらしいなとも思った。

気付いたら奏音は静かな寝息を立てていた。限界がきたらしい。

やがてひまりの声も聞こえなくなる。

再び目を閉じて思うのは、今日は来て良かったということ。
財布は軽くなってしまったけど、その分奮発した甲斐があった。
満足感と侘しさ、高揚感や切なさ。
様々な感情が入り乱れる中、俺も眠りに落ちるのだった。

第13話　トンカツとJK

筋肉痛がヤバい……。

朝の満員電車内。

ガタンと電車が横に揺れる度に、俺は「うっ」と呻き声を上げそうになっては堪えていた。

キャンプから帰ってきた昨日は、特に体に異常はなかった。

だが今朝目覚めると、全身に鈍い痛みが広がっていたのだ。このままベッドから起き上がれないかと思った。

まさか、一日置いてから筋肉痛がやってくるなんて……。

こんなことで自分の加齢を実感することになろうとは。

日頃の運動不足もあるのだろうけど、特に疲労している様子もなくピンピンしていた奏音とひまりを見ると、やはり虚しさが押し寄せてくるのだった。

筋肉痛は、仕事が終わる時間になっても消えなかった。

まぁ朝と比べると、幾分（いくぶん）かマシにはなっていたのだが。

歩きたくないけど歩かないと家に帰れない……と若干挫（くじ）けそうになりながらも、どうにか帰宅する。

「ただいま……」

「おかえりー」

「おかえりなさい」

キッチンに立った奏音が振（ふ）り返り、奥の部屋からひまりがひょこっと顔を出す。

既に当たり前となったこの光景も、あと少しで終わってしまうんだよな……。

寂（さび）しくないと言ったら嘘（うそ）になる。

だからこそ、残りの期間はより大切に過ごしたい——とセンチメンタルになりかけた俺の思考を遮（さえぎ）ったのは、テーブルの上に置いてある大きな三枚の肉だった。

「今日は肉なんだな」

「うん。トンカツにするよ。今日スーパーに行った時ちょうどタイムセールしててさ、めっちゃ安かったんだよ。なんと1グラム0.5円！　総菜コーナーで売ってる完成形のトンカツよりお得だから買っちゃった」

「そうか」

と言われても、俺は肉の金額をグラム単位で意識したことがなかったので、それがどれくらい安いのかはいまいちピンとこなかったんだけど。

学校は既に夏休みに入っているので、奏音はいつもより少し早い時間にスーパーに行ったらしい。その恩恵を受けた形だろう。

金額はともかく、でかい肉を目の前にするとやはりテンションは上がる。

今まで奏音は家でトンカツ類を出したことがなかったよな――と以前ひまりとカツ丼を食べた時に話したことを思い出した。

そう考えると、やはり今日の肉はかなり安かったのだろう。

奏音は卵を溶き、小麦粉とパン粉の準備をしていた。

「駒村さん、先にお風呂にどうぞ」

ん、今日は俺が最初に入る日だったたか。

ひまりに促されるまま、俺はすぐ洗面所に向かうのだった。

暑くなってきたからか、今日の風呂の温度はちょっとぬるめでありがたかった。

そろそろ疲れた時だけ湯船に浸かって、基本的にはシャワーだけで良いかもしれない。

いや…………。

これはひまりが帰った後にまた考えよう。

やっぱり二人は風呂でのんびりしたいだろうしな。水道代のことを気にするのは、もう少し後にしよう。

気付けば筋肉痛は、ほとんど意識しなくていいレベルになっていた。

俺の回復力もまだまだ捨てたものではないな、と勝手に良いように解釈する。

風呂から出ると、テーブルの上には既に三人分のトンカツが並んでいた。つけ合わせのキャベツもある。

冷蔵庫から発泡酒を取り出した俺は、早速缶を開けて口をつけた。

やはり、暑い時期の風呂上がりの一杯は最高だな。喉を潤していく爽快な感覚がたまらない。

「ひまり、ご飯できたよー」

「はーい」

奏音が呼ぶとひまりが部屋から出てくる。

続けて奏音が「はい」とテーブルに置いたのは、ケチャップだった。

俺は思わず目を見張る。

「えぇ……。トンカツにはマヨネーズだろ」

冷蔵庫からマヨネーズを取り出す俺。

なぜか奏音はジト目で俺を見てくる。

「いや、それはありえなくない？　ケチャップが万能だと思うんですけど。キャベツも美味しいし」

「キャベツに合うとなったら、それこそマヨネーズの方だろ？　サラダとマヨネーズの親和性を知らんとは言わせんぞ」

「それは否定はしないけどさ、ケチャップだってキャベツに合うし。『ハムハムバーガー』のハンバーガーにも普通にケチャップが使われてるレベルだよ？　全国区だよ？」

「それを言ったら『ハムハムバーガー』の別のハンバーガーにも、マヨネーズは使われているんだが？」

視線と視線の間で、見えない火花を散らす俺たち。

そこに割って入ったのはひまりだった。

ひまりはケチャップとマヨネーズの両方を皿に出すと、クルクルとスプーンでかき混ぜ始めた。

「私はオーロラソース派です。この混ぜてる時のマーブル模様は、単色では表せない芸術的な色ですよ。もちろん、味も最高です」

「…………」

数秒の沈黙の後——。

俺たちはたまらず噴き出してしまった。

「これはひまりが強すぎる」

「だな。一本取られたわ」

「あと、何か懐かしかった……」

二人が来た次の日の目玉焼き——。

随分と昔のことのように思えて、なぜか胸がキュッとなる。

そこでひまりが「私はトンカツに塩を付けるのも好きです。あと大正義のトンカツソースも」と付け足したので、また俺たちは笑ってしまったのだけれど。

「とにかく食べよう」

ぞろぞろと着席してから、箸を手に取り——。

俺はそこであることに気付く。

ひまりの爪に付いていた、蝶のシールが消えていることに。

「…………」

確実に、時間は流れている。

そんな当たり前のことを、ひまりが期限を決めた日以降、強く意識するようになっているのに気付いた。

第14話　提案と俺

仕事を終えて会社の外に出ると、見知った人物が道の向かいに立っていた。

会うのはあの日の喫茶店以来だ。

「友梨……」

久々に会ったせいかちょっと緊張してしまう。

対する友梨は、至って普通の雰囲気だった。

いつぞやの佐千原さんと磯部も、こんな感じだったよなと思い出す。あの時の磯部の気持ちがちょっとわかってしまった。

いや、俺が「待ってくれ」と言ったのだから、俺の方が動揺していたらダメだよな……。

よし。今から切り替えていこう。

「かずき君お疲れさま。今日はお土産はないんだけど、ちょっと報告があって――」

「報告？」

友梨はそこでニマリと笑い――。

「ついに就職先が決定しました！」

勢い良く両腕を上げた。

「おお!? おめでとう！」

それは素直に良かった。

友梨の前職は、倒産という形で失ってしまったからな。本人にまったく非がない失業は、自分の身に置き換えて考えると胃が痛くなる……。

「それでね、ちょっと図々しいお願いだけど……かずき君からお祝いが欲しいです」

「お祝い？」

思わず身構えてしまった。

友梨が欲しいお祝いって何だ……？

お菓子──なら別に問題ないのだが、わざわざこうして改まって言ってくるほどではないだろうし。

となると化粧品類だろうか？ それとも服やバッグとか？

一瞬の内に頭の中で色々と考えてしまったが、血色の良い友梨の唇が紡いだのは、俺の予想とは全然違うものだった。

「かずき君と、その……デートがしたいのです」

「────っ!?」

切り替えていこうと決意はしたが、ここまでストレートに言われて動揺するなって方が無理だ。

ただ言った本人も恥ずかしかったのか、かなり顔が赤い。

『恋愛を意識してなかった人から告白された場合、駒村ならどうする？』

磯部が言った言葉が頭の中を過ぎり、心臓の脈打つ速度が上がっていく。

落ち着け、俺。落ち着け……。

ここで慌てた姿を友梨に見せてしまったらみっともないぞ。

「あっ、でもそんな大袈裟なものじゃなくてね？　その、ご飯を一緒に食べるだけでいいっていうか……」

慌てたように顔の前で手をパタパタとする友梨。その返答に拍子抜けしてしまった。

「そ、そうか。飯を奢るくらいなら別にいいぞ」

「本当？　やった！　ありがとうかずき君！」

友梨は今までにないほど弾んだ笑顔を見せる。

告白してから、何か吹っ切れたのだろうか。これまでとちょっと雰囲気が違う気がするのだが……。

「じゃあ明日、会社が終わってからでいい？」

「あぁ。明日なら問題ない」

「良かった。あの、今日はそれだけだから、これで――」

友梨は軽く手を振ってから体の向きを変え――。

「あぅ!?」

なぜかバランスを崩し、ちょっとよろけた。

やっぱりちょっと、どこか抜けているんだよな……。

「……大丈夫か?」

「あ、あはは。自分で思っていたより緊張してたみたい。えっと、また明日ね」

友梨は早口でそう言うと、小走りで駆けていく。

緊張してた、か――。

ぽてぽてと走る後ろ姿を見送ってから、俺は駅に向けて歩き出した。

しかし、一緒に飯を食って終わりとは――。

告白してきた割には『デート』の要求がかなり控えめな気がするが、それが友梨が友梨たる所以なのだろう。

ひとまず明日の晩ご飯はいらないって奏音に言わないと。

とはいえ、理由はどうするか……。

正直に『友梨と飯食ってくる』と言っていいものか？

でも奏音とひまりは、すっかり友梨と仲良くなっている。

理由を話すと『私たちも一緒に食べたい』となってしまう可能性が高い。それでは友梨との約束が果たせなくなってしまう。

かといって『デートしてくる』なんて言おうものなら、今度は二人の雰囲気が悪くなってしまいそうだし……。

これは………どうしよう。

帰ってからも、俺はずっと悩み続けていた。

どう切りだそうか、そのきっかけさえ上手い具合に見つけられない。

「駒村さん、難しい顔してどうしました？」

「えっ？」

食事中ひまりに言われ、俺は咄嗟に声を上げてしまった。

「帰って来てから無言だよね。仕事で何かあったとか？」

奏音にまでツッコまれてしまい、いよいよ焦ってしまう。

そこまで態度に出てしまっていたのか。

しかし、何をどう伝えれば良いものか……。

いかん、『デート』という単語に引っ張られすぎかもしれん。

ここは何とか、いつも通りの態度でいないと——。

そして導き出した言葉は『明日は飲みに行くから晩ご飯はいらない』という、以前飲みに行った時と同じものだった。

奏音もひまりも特に疑いもせず「わかった」と了承したので、ちょっとだけ罪悪感が湧いてくる。

別に悪いことをするわけではない。

あくまでこれは、友梨の就職祝いだ。

友梨が『デート』と言ったからかなり意識してしまったが、冷静に考えれば一緒に飯を食うだけだし。

自分に言い聞かせつつも、一度胸に発生してしまった後ろめたさは消えなかった。

次の日——。
仕事を終えて会社の外に出るが、友梨の姿が見えない。

いつもなら待っているはずなのに、どうしたんだろう。

というか、いい加減友梨の連絡先を聞くべきだろうか。

よく考えたら未だに約束をする時は口答のみって、時代遅れも甚だしいよな……。

でも今さら友梨の連絡先を聞くのも、俺にとってはかなり勇気がいる行動だ。

そもそもこの状態で連絡先を聞いてしまったら、友梨にいらん期待を抱かせてしまうかもしれないし――。

まだ答えを決めていない以上、迂闊なことはしたくなかった。

「ごめんかずき君。お待たせ」

友梨の声にハッと顔を上げる。

息を切らせながらこちらに駆け寄ってきた友梨は、いつもよりちょっとめかし込んでいる――気がする。

具体的にどこかどう変わっているのかはわからないが、何となく雰囲気が違うのだ。

よくわからんが、化粧のせいか？

「もう少し早く着く予定だったんだけど、電車が遅れちゃってて」

「電車ってことは、今日のバイトは休みだったのか？」

「うん。だから家から来たんだ。早速行こうか」

「ところで、友梨は何を食いたいんだ？」

「んー……。実は何でも良かったり」

「それ、一番困るやつ」

まぁ、俺も奏音によく言ってしまうけれど……。

「ふふっ、ごめんね。お店を見てから決めようかなぁって。駅前のビルの中、飲食店いっぱいあるでしょ？」

「確かにそうだな。わかった」

そういうことで、俺たちは駅前に向けて移動を開始した。

駅に行く途中、映画館の前を通る。

上映中の看板の下は、多くの人の待ち合わせ場所になっているのだろう。スマホの画面に見入る人が多く立っていた。

映画か——。

以前ひまりがとても喜んでいたことを、また思い出してしまった。

しばらく歩いていると、すれ違った女子高生の一人に目が行く。彼女がペットボトルの飲料を飲みながら歩いていたからだ。

あれは奏音の家に向かう時に、奏音が買ってくれた桃のジュースだな。

そこで隣を歩く友梨と目が合った。

「かずき君。今、二人のことを考えてたでしょ」

「う………」

なぜわかったんだ？

「あ、別に嫌な気分になったわけじゃなくてね？　どう言ったらいいのかな……やっぱりかずき君は真面目だなぁって」

「真面目？」

「うん」

なぜかニコニコとしている友梨だが、俺には理由がよくわからなかった。

駅前の商業ビルに着き、ぐるっと見て回ること数分。

友梨が選んだのは天ぷら屋だった。ディスプレイのエビの天ぷらに惹かれたらしい。

俺の好みに合わせてくれたんだろうか、と一瞬思ったが、子供のようにワクワクしながらメニュー表を眺める友梨の顔を見て、その考えは引っ込んでいった。

結論から言うと、天ぷらは美味かった。

俺は天丼を頼んだのだが、まるでスナック菓子のように軽くてサクッとした衣は、結構な衝撃だった。

友梨は季節の天ぷら盛り合わせを頼んでいたが、こちらもまた美味そうだった。

外食の時って他人が注文した食べ物を見ると、何か美味そうに見えてしまうんだよな。

食べ終えると、店員が熱い玄米茶を持ってきてくれた。

ズズッと軽く飲み、一服する俺たち。

美味かったけど——友梨としては本当にこれで良かったのだろうか？　とそこが気になってしまう。

だって普通に天ぷらを食っただけだぞ……。

会話らしい会話もしていない。天ぷらの感想を言い合うだけだったし……。

そこで俺は、大事なことを言うのを忘れていたことに気付く。

「ええと……。今さらだけど、改めて就職おめでとう」

このタイミングで言われるとは思っていなかったのか、友梨は目を丸くした。

「うん、えへへ。ありがと」

「バイトはいつまで？」

「今月までだよ」

「そうか……。店長が寂しがってるだろうな」

友梨はそこで苦笑する。どうやら既に色々と言われてきたようだ。

「店長には感謝してるから、私も時々お店を覗きにいこうって思ってる。かずき君も、余裕ができたらまた行ってあげてね」

「わかった」

余裕ができたら。

つまり、奏音とひまりがいない生活に戻ったら――。

その頃の俺は、どういう生活をしているのだろう。

前みたいに外食頼りになっているのだろうか。

それとも――。

友梨はそこでフッと小さく笑う。

「かずき君はさ、もしかしてひまりちゃんに昔の自分を重ねてる……？」

「え――？」

唐突な友梨の問いかけに、俺の心臓が大きく跳ねた。

「……どうしてそう思うんだ？」

半分は当たっているだけに心が落ち着かない。
「んー、なんとなく。そう思っただけ」
平坦に言う友梨からは、その感情までは読めなかった。
『ずっと、見てたから……』
あの時の友梨の姿と言葉がフラッシュバックして、心臓の鼓動が速度を上げる。
そしてその言葉は、なぜか今の方があの時よりも胸に染み込んでいった。
昔の俺は、どれだけ周りが見えていなかったんだろう——。
しばし沈黙が続く。
何を言えばいいのか、今の俺には正解がわからなかった。
急須を持った店員が、俺たちの湯飲みに玄米茶を注ぎ足してからまた離れていった。
「あのね。かずき君が通っていた道場、まだ続いているんだけど」
先に沈黙を破ったのは友梨だった。
「……あぁ」
友梨は実家住まいなので、俺の実家周辺の状況はすぐにわかる環境だ。
そうか。まだやっているんだな。
先生はまだ元気だろうか。当時一緒に習っていた、他の奴らも。

「今ね、指導員の人手が足りないから、募集しているみたいだよ」

「え？」

郷愁に襲われる俺の心にたたみかけるかのように、友梨は続けた。

「やってみない？」

「…………」

突然の提案に、俺は固まってしまう。

少し前の俺なら、すぐに断っていただろう。

でも、今の俺は――迷っている。

迷うようなことではない、気にするような話ではないはずなのに。

なぜか、迷っていた。

気を落ち着かせるために玄米茶を一口飲む。でも、何の解決にもならなかった。

「何も打ち込めるものがなかった私が、言っていいことなのかはわからないけれど……」

友梨は少し視線を逸らしながら、ゆっくりと言葉を継ぐ。

「大人になっても、夢の続きは見ていいと思うんだ」

夢の、続き――。

その言葉は、やけに深く俺の胸に沈み込んでいく。

今まで、まったくそういうふうに考えたことがなかった。

俺にとって、一度諦めたものはもう終わったもので。

自分から断ったものに対して、また触れることなど考えてはいけないと思っていた。

でも――。

そうではないのかもしれない。

俺が勝手に、心に壁を作っていただけなのかもしれない。

「あ、急にこんなことを言ってごめんね……。でも、考えるだけなら無料かなぁと思って」

嫌味なく純粋に笑う友梨に、一瞬ドキリとしてしまった。

大人になってから初めてだったかもしれない。

友梨の笑顔を『可愛い』と思ってしまったのは――。

今までもいっぱい見てきたはずなのに、なぜこのタイミングでそう思ったのか、自分でもわからない。

顔が赤くなってしまいそうな気配を感じたので、俺は中身がほとんど残っていない湯飲みをもう一度口に運んだ。

食事を終えた俺たちはすぐに駅に向かっていた。

友梨は『延長』を言い出すこともなく、本当に飯を食っただけで終わったのだ。

これってデートになったのだろうか？

ちゃんと友梨の要望に応えられたのだろうか？

これくらいの緩い括りだと、磯部との飲みもデートになってしまうような気が……。

いや、これは考えるのはよそう。

「かずき君、今日はありがとうね。美味しかった」

「いや、俺の方こそ」

「…………」

「…………」

上手い具合に会話が続かない。

でも、決して居心地が悪いというわけではなくて――。

ただ、本当に言葉が出てこないだけだった。

先ほど友梨が提案してくれた話が、俺の頭の中を支配している。

結局会話がないまま歩いている内に、駅に着いてしまった。

「それじゃあ。ごちそうさまでした」

友梨は満足げに笑い、手を振りながら去っていく。
俺も軽く手を振り返してからホームに向かった。
夢の続き——。
電車を待っている間も、俺の心はそのことで頭がいっぱいになっていた。

第15話　ゲームとＪＫ

「ねーねー。ゲームやろ」

ある日の夜。

全員が風呂に入り終え、リビングでまったりしていたところで、突然奏音がそんな提案をしてきた。

「いきなりだな。どうした？」

「んー。前にこう兄と遊んだ時、思ってた以上に楽しかったから。またやってみたいなぁって」

あの『デートのアリバイ作りの日』のことか。

確かに家に帰ってきた時、二人はゲームをしていたな。

「別にいいぞ」

「あ、私もやりたいです！」

ひまりも挙手しながら俺の部屋から出てきた。会話が聞こえていたらしい。

早速俺は準備に取りかかる。

とはいっても、電源コードを繋ぐだけだが。

「何のゲームをするんだ？　この間晄輝とやっていたやつか？」

「うん、それがいいな」

「ＯＫ」

前に二人がやっていたのは、対戦もできるアクションゲームだ。オフライン対戦だけでなく、通信を使って全国の人と遊ぶこともできる。もちろん、一人用モードもある。俺は一人用モードでＮＰＣと対戦したことしかないけど。それも随分と前のことだ。

久々に出したゲーム機とソフトだが、前に晄輝が遊んだからか埃はかぶっていなかった。ソフトをセットして起動させる。この起動までの待ち時間もちょっと懐かしい。

奏音とひまりは、なぜか正座で待機していた。

「なんで正座？」

「いや、何となく」

「ワクワクしながら正座待機というやつです」

ひまりの言うことが理解できなかったが、たぶんオタク的にそういう文化があるのだろう。

間もなくテレビ画面にタイトルが大きく表示された。

「最初はお前らからやっていいぞ」

奏音とひまりにコントローラーを渡してから、俺は一旦ソファの後ろに待避。

まずは見学することにした。

「ありがとー」

「わ、プレイキャラこんなにいるんですね。誰を使おう」

「私よくわかんないから、前の時は目を閉じて適当にカーソルを動かして決めたんだよね。今回もそうしてみようかな」

「じゃあ、私もそれで決めます！」

ここであえてギャンブル要素を入れるのか。それも面白そうだけど。

二人はしばらくキャラクター選択画面でワイワイしていたが、やがて対戦が始まった。

奏音は丸いフォルムが可愛い、ちょっと小さめの人外キャラ。ひまりは剣を持った青年を選んだらしい。

英語の掛け声と共に対戦が始まった。

が、いきなりその場でワチャワチャと無意味な動きを始める、それぞれのキャラ。

こ、これは………。

素人がやりがちな『とりあえず適当にコントローラーを動かしてみて最初に技とか見てみる』プレイじゃないか。

二人が同時に同じことをすると、なかなか画面が面白いことになるんだな……。

その場でジャンプを繰り返したり、虚空に向けて技を繰り出すばかりで、二人のキャラの距離は一向に縮まらない。

というか早く対戦しろ。

心の中でツッコんだら、ようやくその場から動き出した。

勝負は二試合あるし、これは終わるまで時間がかかりそうだ。

二人がプレイに没頭している間、俺はテレビ画面を横目で見つつスマホを弄る。

今日のニュース一覧を、タイトルだけザッと流し見る。

その時だった。

何の脈絡もなく、不意にひまりの言葉を思い出してしまったのは。

『だから本名を名乗るの嫌だったんですよ。ネットで検索したら、すぐにうちの道場が出てきちゃうし……』

「………」

検索か……。

今までひまりの情報がネットに出ていないか調べたこともあったけど、成果はサッパリだった。

それが、本人の口からヒントを得られることになろうとは。

好奇心のまま、俺は検索エンジンに『白虎院　剣道』と入力する。

続けてエンターを押すと、コンマ数秒で検索結果が出てきた。

『金西剣士会』というホームページが一番上に表示されている。

その中に、

『会長　白虎院雅一』

『副会長　白虎院麻希江』

という名前が連なって書かれていた。

ホームページを開いてみると、道場の様子が写された写真が何枚か掲載されていた。

面と防具を横に置き、正座で座る子供たちの写真。

竹刀を持った大人二人が対峙している写真。

そして道場の生徒たちと指導員が勢揃いしている、集合写真。

中央にいる中年の男性と女性は、初めて見る顔なのに妙な親近感を抱いてしまった。

それはそうだろう。二人ともひまりの面影があるのだから。

つまり、この二人がひまりの両親ってわけか……。

厳格そうな親御さんだな……というのが素直な印象だった。

一番上に表示されている『剣は心なり　心正しからざれば　剣また正しからず　剣を学ばんとするものは　先ず心を学べ』という道場訓が、よりその印象を深めていたのかもしれない。

さらに集合写真を眺めていると、その中の一人に見覚えがあった。

奏音の文化祭の帰り——ひまりと路地裏に隠れた時に見た、あの若い女性だ。

目が合ったのは一瞬。

けれど、この眼光の鋭さは間違いない。

あの時は髪を下ろしていたが、写真では髪を一つに結んでいる。

凜とした表情に道着が似合っているなと思った。

「うあー！　負けちゃいました！」

ひまりの悲鳴に、俺は見ていたホームページを慌てて削除する。

二人の対戦に決着がついたらしい。

「駒村さん、リベンジお願いしますぅ」

情けない声で俺にコントローラーを渡してくるひまり。

あの厳格そうな両親を、本当にひまりは説得できるのだろうか——と、つい不安になってしまった。

「駒村さん？　どうしたんですか、ボーッとして」

「あっ——すまん。どのキャラを使うか、まだ決めていなくて」

「へっへーん。どのキャラでもかかってこーい」

胡座をかいた奏音が、シュシュッと空中にジャブを繰り出しながら俺に振り返る。

「……いいだろう。その挑発乗ってやろうじゃないか。後悔させてやるからな」

眼鏡をクイッと押し上げた俺は、速攻キャラクターをセレクトした。


「かず兄……大人げない……」

数分後、そこには煤けた影を背負った奏音の姿が。

まぁ確かに、全力でいってしまったのは奏音の言う通りかなり大人げなかったと思う。

「後悔させてやるってちゃんと宣言しただろ」

「うぐぐぐ……」

獣が唸るような声で恨めしそうに俺を見てくるが、今の俺には効かない。

勝負の世界はいつも非情なのだ。たとえ身内であったとしても。

「では、今度は私が奏音ちゃんの仇を取ります……！」

奏音と交代したひまりの目は燃えている。

「お？　いいだろう。どこからでもかかってこい」

ひまりの挑戦を受け入れた俺は、気を持ち直すために背筋を伸ばす。

思えば、こうして小学生の頃のようにゲームで盛り上がるのは、大人になってから初めてだ。

もっと早くにこうやって二人とゲームで遊んでおけば良かったかもしれないなと、今になって少し後悔するのだった。

第16話　JKとJD

※　※　※

とある駅中のトイレ、化粧室にて——。

峰山美実は鏡の前に立ち、長い髪を一つにまとめて結んだところだった。

化粧っ気のない鏡の中の自分は、険しい顔でこちらを見据えている。

切れ長の目の下には、隠しきれない隈が浮かんでいた。

「…………」

ただ彼女が見ているのは、鏡に映る自分の姿ではない。心はまったく別の方へ向いていた。

（どこに行ったんだろう……）

隣で化粧直しをしていた女性が二人ほど入れ替わるまで、美実はしばらく鏡の前で立ったままだった。

美実が休日を利用して桜花を捜し始めてから、今日で四回目。

自分なりに当たりを付けて捜しに来たものの、成果はサッパリだった。

「人……多すぎ……」

街を歩きながら、美実はため息と共に洩らしてしまう。

都会は苦手だ。

駅も多くの人が行き交っていたが、駅の外はもっと多くの人で賑わっていた。

試合の時にたくさんの人が会場に集まっているのを見てきたが、ここはそれの比ではない。

特別な日でもないのに常に街中に人が溢れている都会が、美実にはとことん合わなかった。

さらに言えば、美実から見ると『チャラそうな』人が多いのも苦手な理由だった。

この間は路地裏とはいえ、外でいちゃつくカップルを見てしまったので実に気まずかった。

手を繋いで歩いている二人を見るだけでも照れてしまうのに、あれは刺激が強すぎる。

そんな様々な人間がいるからこそ、桜花はこの街のどこかにいると美実は予想していた。

身を隠すなら、人が少ない田舎よりも人が多い都会——。

仮に自分が家出をした場合もそう考えるだろう。都会は苦手だけれど。

とはいえ、どこにいるのかもわからない、たった一人の人間をこの中から見つけるのは、限りなく無謀なことだと途方に暮れてもいた。砂漠で砂金を見つけることと等しい。

それでも美実は、動くことを止められなかった。

『美実さん！』

記憶の中の桜花が無邪気に笑いかけてくる。

あの笑顔にもう一度会いたい――。

美実の今の心はそれだけだった。


美実が剣道を始めたのは、小学校の低学年の時。

袴を穿いて剣道の習い事に向かう高学年の女の子を見かけ、その姿に強く惹かれたのがきっかけだ。

よくわかんないけど、カッコイイ。

見た目の憧れから始めた習い事だったが、美実はすぐに剣道にのめり込んでいった。

小さかった美実に竹刀は重たかったし、腕もとてもだるかったけれど、それでも竹刀を振るのは楽しかった。

ある日道場の端っこに、小さな桜花がちょこんと座っているのを見たのが、彼女との出会いだった。

桜花の両親が揃って指導をしていたので、付いてきたらしい。

休憩時間になると、桜花の方から美実に話しかけてきた。当時は女の子の生徒が美実だけだったからだろう。

美実が桜花に対して抱いた印象は、子リスみたいだな――というものだった。

年上の美実に無邪気にじゃれついてくる姿が、まさにそれだったのだ。

それ以降、美実はずっと桜花と共に成長してきた。

学校は違ったけれど、一人っ子の桜花は美実を姉のように慕ってくれた。

桜花が漫画が好きだと美実に教えてくれたのは、桜花が小学校の高学年になった時だった。お小遣いで買ったという。

何度か彼女の部屋に呼ばれて、漫画を読みに行ったこともある。

ただ、美実はそれほど興味を抱けなかった。

この頃の美実は、剣道のことで頭がいっぱいだったのだ。それは今でも変わらないのだけれど。

それでも、桜花が漫画のことを語る時の表情はキラキラと輝いていて好きだった。

美実は口下手だし、感情を大きく出すのが苦手だったから、なおのこと桜花の笑顔が眩しく映って見えていたのだ。


桜花の両親の熱意もあってか、道場の生徒たちは次々と試合で成績を残していく。

美実も、そして桜花も例外ではなかった。

けれど桜花は中学生になると、稽古に現れる回数が目に見えて減っていく。

それから間もなく、「絵を描いてる」とはにかみながら桜花は教えてくれた。

自分は本気でイラストレーターを目指している——ということも。

この頃から、桜花は両親と衝突を始めていたらしい。さすがに詳細は美実も知らなかったが、雰囲気で何となくそう感じ取っていた。

桜花の両親にしてみれば、実力もある実の子を、今後も剣道に関わらせていきたいと考えていたのだろう。それくらいの事情は美実にも推測できた。

美実も桜花の腕を知っていたので、「もったいないな」と思ったことは多々ある。

でも、好きなことをやりたい桜花の気持ちも理解できただけに、何も言えなかった。

桜花が高校に進学すると、彼女はすっかり稽古に来なくなった。
そして彼女が家を出て行ったことを知って——。
ポツンと美実の鼻に冷たいものが当たり、美実は思考の海から浮上した。
反射的に空を見上げる。
いつの間にか、灰色の雲が一面に広がっていた。
「雨か……」
呟いた直後、美実の声に呼応したかのように、パラパラと雨が降ってきた。

※　※　※

第17話　身内と俺

会社を出たら雨が降っていた。コンクリートが焼けたような匂いが鼻をつく。

確かに今日の朝の天気予報では、夕方から雨になると言っていた。

降る前に家に帰れるかな――と考えていたのだが、雨の方がちょっとばかり早かったようだ。

傘を持って来ていたので、特に困ることはなかったのだけれど。

雨の中駅に向かっている途中、いきなりスマホが鳴った。

首と肩で傘を挟んでからスマホの画面を見る。

親父からの着信だった。

そういえば、そろそろ母さんが退院するとか言っていた気がする。今日だったのだろうか。

道の端で立ち止まって電話を取ると、間髪入れず親父の声がした。

『和輝。すまんがすぐうちに来てくれないか』

いつもよりやや硬い声に、否が応でも緊張してしまう。

「何かあったのか？」

『さっき翔子さんがうちに来たんだ。今もいる』

「なっ――――!?」

突然の報告に俺は絶句してしまった。

翔子叔母さんが戻ってきたということか……？

「奏音に連絡は――――」

『まだしていない。和輝から頼めるか？』

「わかった。すぐに連絡する。奏音に伝えるべくSNSの画面を開く。ひとまず俺も今からそっちに行く」

通話を切った後、奏音に伝えるべくSNSの画面を開く。

文章を打つ俺の指は、少し震えていた。


実家に帰るのは久しぶりだが、こういう形で帰ることになるとは思っていなかった。

見慣れているはずの実家の玄関が、緊張のせいか別の家のように見えてしまった。

一呼吸置いてから玄関のドアを開ける。

玄関には靴が二足並んでいた。

親父の靴と女性用の靴だが、母さんの趣味とはちょっと違う気がした。

濡れた傘を傘立てに置き、端の方に自分の靴を置いたところで、部屋から親父が出てきた。

しばらく見ない間に、親父の顔の皺が増えた気がする。

「急にすまんな和輝」

「いや、大丈夫だ」

「……居間にいてもらっている」

「あぁ……」

主語はなかったが理解した。

「正直、俺からは話しづらくてな……。かといって母さんには頼めんし。すまん……」

叔母さんと俺は滅多に会ったことがない。

それはつまり、親父も叔母さんと滅多に会っていなかったということだ。

いくら母さんの妹とはいえ、疎遠だった人にいきなり込み入った事情を聞くことに抵抗があるのは理解できる。

そもそも親父は、家族以外には口下手な方だし。

「そういえば母さんの退院は？」

「来週の頭の予定だ」

「そうか……」

とりあえず、今は俺が叔母さんと話すしかなさそうだ。

奏音に連絡はしたが、家に着くまで最低でも一時間はかかるだろう。

……よし。

腹を括った俺は、いよいよ居間へ続くドアを開けた。

親父から聞いていた通り、叔母さんはソファに腰掛けてスマホの画面を眺めていた。

数年ぶりに見るのに以前とあまり変わっていない気がするのは、俺が前に会った時の顔をほぼ覚えていないせいかもしれない。

髪色も明るいし、雰囲気はやはり奏音に似ている。だが、奏音にはない圧倒的な大人の色気があった。

叔母さんは俺の姿を見ると、スマホを机に置いて立ち上がって会釈をした。俺もそれに合わせて頭を下げる。

「……どうも」

スマホの画面が少しだけ見えた。

見覚えのあるSNSの画面と、奏音のアイコン――。

どうやら叔母さんは、奏音から送られてきたメッセージを見ていたらしい。

お互いにソファに座った後、しばし沈黙が流れる。

腹を括ってはきたものの、どのように話をするかまでは何も考えていなかった。

「えぇと……お久しぶりです」

沈黙していても始まらないので、無難に挨拶から入ってみる。

「うん、久しぶり。和輝君、大きくなったね」

「あ、はい……」

この年齢になっても「大きくなった」と言われるのは、身内ならではだよな、きっと。

「奏音からですか？」

机の上のスマホに視線を送りながら問うと、叔母さんは静かに頷いた。

「ここ最近は届いてないけどね」

……つまりさっきの叔母さんは、奏音が過去に送ったメッセージを読み返していたわけか。

奏音はいつから叔母さんにメッセージを送っていなかったのだろう。やはり文化祭の日だろうか。

しばらく俺を見つめていた叔母さんだったが、やがてその顔が真剣味を帯びたものに変わる。

「義兄さんから聞きました。和輝君が奏音を預かってくれていると」

「……はい」

「この度は、ご迷惑をおかけいたしました」

叔母さんはそこで深く頭を下げた。

正直に言うと、どう返事をすればいいのかわからない。

奏音を預かっていることを、迷惑だと思っていないからだった。

むしろ感謝しているくらいで――。

「俺は別に、奏音のことを迷惑だとは思っていません。ただ奏音の気持ちを考えると……。だから謝る相手は俺じゃない……と思います」

「……そう……ね……」

絞り出すような声だった。

俺がわざわざ言わなくても、既に叔母さんは理解しているのだろう。

それにしても、奏音の話から俺が想像していた叔母さん像とは、随分とかけ離れている反応だった。

もっと自由奔放で、長期間家を空けても悪びれもしないような人だと勝手に思っていたものだから。

それだけに、俺もちょっと戸惑っていた。

「あの……理由を尋ねても？」

「それは出て行った理由？　それとも帰ってきた理由？」

「どっちもです」

翔子叔母さんはそこで小さく息を吐き、静かに目を閉じる。

どう言葉に表そうか、少し悩んでいる感じだった。

しばしの間、雨が窓を打つ音だけが部屋に響く。

「きっかけは……飛行機雲を見たから」

そしてぽつり、と。

消えてしまいそうな声で呟いた。

意味がわからなかったので、俺はただ次の言葉を待つことしかできない。

「結婚するつもりだった男に逃げられて、一人であの子を産んで。そしてあの子が生まれてから、ずっと働いてきて。朝も夜も仕事だった時もいっぱいあった。……ずっと、がむしゃらだった。母子家庭だからといって、あの子に不便な生活をさせたくなかったから」

叔母さんはそこで微笑する。

　その顔が、一瞬奏音と重なった。やはり親子だなと思った。

「ま、それでもたまに息抜きはしてたけどね。どうしても遊びたくなって、黙って一日家に帰らなかった時もある。かといって、全然平気だったわけじゃないのよ？　やっぱり帰ってきてあの子の顔を見たら、罪悪感は襲ってきた。……それでも私はこんな性格だし、やめられなかったんだけど」

　自虐を含んだ、でも微かにイタズラっぽく笑った顔を見て、俺は以前奏音が言っていたことを思い出した。

『勝手に家を出てったことに対しては怒ってるけどさ……私、どうしても憎めないんだ。だって豪華なプリンを買ってきて、私よりはしゃいでたような人だよ？』

　あぁ………。

　きっとこの人は、根が限りなく純粋なんだろう。

　大人だとか年齢だとか、良いとか悪いとか世間の常識とか、そういう括りは関係なくて。

　実の子にそう言わせてしまうほどの何かを、俺も叔母さんから感じ取れてしまった。

「そしてあの日――。本当に何気なく空を見たの。そしたら大きな飛行機雲が、青い空に真っ直ぐに伸びていた」

　なぜだろう。

その青い空に飛行機雲が伸びている景色が、俺の頭の中にも広がった。

外の雨と相反するような、爽やかな青い空が。

「私はその時まで、何年も空を見上げていなかったことに気付いたんだ。空はずっと自分の上にあるのに、飛行機も毎日いっぱい飛んでいるのに、私はそれを認識できなかった。そのことに気付いた瞬間、自分の中で抑えきれない衝動が溢れてきちゃったんだよね」

叔母さんはそこで言葉を句切ると、窓の外に視線を送った。

「違う景色が見たい――って」

「…………」

その感覚は、俺にはよく理解できないものだった。

頭の中で反芻してみるが、それでもわからない。

「だから、衝動的に家を出た――ってことですか？」

わかったのはそれだけだ。

叔母さんは静かに頷き、俺の言葉を肯定する。

衝動的、か――。

俺にはまったくない感覚だ、と言えば嘘になるが、自分の生活を一変したいと思うような激しい衝動に襲われたことはない。ひまりを家に招き入れたのも、元は奏音だ。

ただ、叔母さんはそれができる人だった。

理由としてはそれだけなのだろう。

…………。

今、叔母さんを責めるつもりはない。

けれど、今の俺は奏音のために動かないといけない。

「俺は立派な大人なんかじゃないし、そもそも叔母さんから見たら子供だろうし、まだ親にもなっていないから偉そうなことは言えないです。それでも——」

続く言葉を絞り出す勇気を得るため、俺は膝に置いていた拳を強く握る。

「それでもせめて、奏音の前だけでも『大人』でいてもらえませんか。ハリボテの姿でもいい。奏音が高校を卒業するあと少しの間だけでいいから、ちゃんとした親でいてあげてくれませんか……」

反論、罵倒、抵抗——。

あらゆる言葉が返ってくる覚悟で、俺は言いきった。

叔母さんは無言のまま、しばらく時間だけが過ぎる。

雨音だけが俺の鼓膜を揺らす。

息をするのを躊躇ってしまうほど、俺は今緊張していた。少し胸が苦しい。

握っていた手の中にじんわりと汗が広がっていくのを実感した瞬間、叔母さんの口の端が少し上がった。

「ちゃんとした親、か――。そういう定義で言うと、私は失格だね」

「…………」

何も言えない。

俺はそれを告げる立場にないと思うから。

「でも、うん。やっぱり親としてはダメ……だよね。ダメだったのに、私は――」

やがて叔母さんの目から、とめどなく涙が溢れ出した。

表情からは後悔が窺えるが、きっと俺が察することなどできない、もっと色々な感情や考えが混ざり合っているのだろう。

どういう反応をして良いのかわからなかったので、俺は軽く視線を逸らしてただ待ち続ける。

泣き顔も奏音に似ているな――と、ちょっと場違いなことを思いながら。

※　※　※

雨がビニール傘を打つ音が、絶えず耳を刺激する。

奏音とひまりは、駅に向かって歩いている途中だった。

——叔母さんが俺の実家にいる。

和輝からSNSで連絡を受けたのは、いつものように夕食の準備をしている時だった。

最初にその文を見た時、奏音は信じられなかった。

だが、和輝が嘘をつく理由がないとすぐに思い至り、和輝の実家に向かうために家を出たのだった。

ひまりは留守番すると言ったが、途中まで一緒に付いてきてほしいと奏音からお願いをした。

怖かったからだ。

母親が帰ってくることを望んでいたはずなのに、いざそうなると、なぜか怖くなってしまったのだ。

連絡を受けてから、奏音の胸の奥の方がずっと痛い。

「ひまり。そっちの傘に入っていい？」

和輝の家を出て数分経った頃、奏音はひまりに尋ねる。

ひまりは奏音の突然のお願いに目を丸くした。

「え？　でもそれじゃあ濡れちゃわない？」

「それでもいい」

「そっか……。うん、いいよ」

奏音は自分の傘を畳むと、ひょいとひまりの隣に並ぶ。

以前二人で並んだ時のように、肩と肩をギュッとくっつけて。

ひまりの肩が触れている。

それだけで、奏音の中に渦巻いていた不安が小さくなる。安心する。

和輝とひまりは、母親以外の家族を持ったことがなかった奏音が、初めて安心感を覚えた人間だから。

「あの、前も言ったけどさ……。私、ひまりのことが大事だよ」

「奏音ちゃん……。私も、奏音ちゃんのこと、大事ですよ」

えへへ、と二人して笑い合う。

面と向かって言い合うと、やはりちょっと恥ずかしくて心がくすぐったかった。

ピッタリとくっついたまま、二人は駅まで歩き続ける。

すれ違う人たちに奇異の目で見られたけれど、そんな視線はまったく気にならなかった。

そのまま数分歩き続けて――。

「やっと駅に着──」

ひまりの言葉が不自然に途切れ、急に足が止まる。

「どうしたの？」

奏音が尋ねるが、ひまりからの返事はない。

彼女の目は、ある方向に定まったまま動かないでいた。

奏音もそちらに目をやる。

バス停の近く。

髪をポニーテールにした一人の女性が、ジッとこちらを見ていた。

いや、正確にはひまりだけを見ていた。

女性は小走りでこちらに近寄ってくる。

奏音は何となく逃げた方がいい気がしたのだが、肝心のひまりが動かない。

ひまりが小さく震えていることに奏音が気付いた時には、女性はもう目の前に来てしまっていた。

「やっと……見つけました……」

静かに呟いた女性の言葉から感じ取れる感情は、酷く形容しがたいものだった。

安堵のような、ちょっと怒っているような、そしてほんの僅かな不満のような──。

奏音は瞬時に理解した。彼女は、ひまりを捜しに来た人なのだと。

そして、奏音の頭に浮かんだのは和輝のこと。

世間的に見たら、『男が家出少女を家で匿っている』としか説明できないこの状況――。

何としてでも、彼を犯罪者にするわけにはいかない。

和輝のことは絶対に伏せておかないといけない。何が何でも、この女性に知られてはならない。

そもそも、ひまりは自分が呼び止めたのだ。

だから和輝もひまりも、自分が守らなければならない――。

奏音の内に芽生えた決意は、業火の如くあっという間に彼女の全身に広がっていった。

まるで血が沸騰するかのような感覚は、使命感と呼ぶものだったのかもしれない。

「ひまりの知り合いですか？」

奏音が尋ねると、女性は怪訝そうに眉を寄せた。

あぁ、そういえば『ひまり』は偽名だったなと思い出した。

とはいえ、ひまりの前で改めて彼女の本名を呼ぶつもりにはなれなかった。

ここにいる間は『ひまり』でいさせてほしいと、彼女にお願いされたのだから。

「その名前は知らないけど……。でも、知り合いです……。間違いなく」

女性がそう告げると、ひまりは俯いた。

奏音はひまりの姿を隠すように、半歩だけ前へ出る。

「そうですか……。彼女には、うちにいてもらってます」

驚愕からか女性の目が見開いた。

間髪入れず奏音は続ける。

「私が家に呼んだんです」

女性の目を真っ直ぐに見据えながら、奏音は力強く言い切ったのだった。

※　※　※

つづく

あとがき

みなさんこんにちは。とんかつは普通にとんかつソースをかける派の福山陽士です。

でも某とんかつ屋さんに置いてある、ちょっと良い岩塩も好き。

今回はあとがきページが短いのでサクッといきます。前回までの苦労はなんだったんだ。


これを書いている今、ヤモリが家の中に侵入しておりまして。うちの猫から守るために必死で追いかけております。

田舎出身なのでヤモリは素手で普通に触れるわけですが、昔バイト先にヤモリが侵入した時に捕まえて外に逃がしたら、同性のバイトさんたちにドン引きされたことを思い出しました。悲しい……。

ヤモリは目がつぶらで可愛いやんか……。


え。もう書くスペースがない。早っ。

というわけでここから謝辞ゾーン。

前担当者様。今までたくさんお世話になりました。ありがとうございました。肉が食べたかったです。

新担当者様。これからどうぞよろしくお願いします。大丈夫、私、コワクナイヨ。

シソ様。今回も素敵イラストを【★スーパーミラクル☆】ありがとうございます【☆ウルトラ感謝★】。

……お礼の言葉のパターンがなさすぎるのでちょっとデコってみたんですけど……。そこはかとなく漂う失敗臭は、見て見ぬ振りでお願いします……。

読者様。三巻まで追いかけてくださって、本当にありがとうございます。次巻いよいよクライマックスですので、もう少しだけお付き合いくだされば幸いです。

そして二巻のあとがきを読んでお手紙を送ってくださった皆さん、ありがとうございました！　この折り本プレゼント企画ですが、『令和2年11月30日』までを〆切とさせてください。なんのことかわからない人は二巻のあとがきを見よう。

それではまた、四巻にてお会いしましょう。

お便りはこちらまで

〒一〇二―八一七七
ファンタジア文庫編集部気付
福山陽士（様）宛
シソ（様）宛

1LDK、そして2JK。Ⅲ
～夏が始まる。二人はきっと、少し大人になる。～

令和２年８月20日　初版発行

著者――福山陽士

発行者――青柳昌行

発　行――株式会社KADOKAWA
〒102-8177
東京都千代田区富士見2-13-3
0570-002-301（ナビダイヤル）

印刷所――株式会社暁印刷

製本所――株式会社ビルディング・ブックセンター

ISBN978-4-04-073782-9 C0193　◇◇◇